未读 | 纪实

UNREAD

广告业务员日记

[日] 福永耕太郎 著
禾每文 译

天津出版传媒集团
天津人民出版社

目录

第四章 对客户不能说的秘密 179

后记

前言

创意部就那么了不起吗？

“广告即creative*，所以创意部是广告公司最重要的部门。创意部的人来公司上班可以看自己的心情随意着装，当然迟到什么的也无可厚非。”

创意部总监又开始在公司内部的大型会议上大放厥词了。

听到这些话，我简直不敢相信自己的耳朵。除了创意部，一同参会的还有我所在的业务部，以及行政部、财务部。胆敢在这样的场合说出那种话，真不知道他是怎么想的，让人反感。

电通的业务领域大致可分为八类：市场营销、数字市场营销、创意、宣传、媒体、内容、PR（公关）和全球商务。其中，活跃在电视等媒体上的广告文案、广告策划，这些从事创意相

---

* **creative**：原本的意思是“有创造力、独创性的”，而在广告界，creative代指创意部制作的广告物料、制作部门及所属人员。主要包括负责设计和制作的创作者、负责管理的创意总监、制片人等人员及其工作。哦，对了，电通的创意部并不叫创意部，而是叫“creative部”。

关工作的人，算得上是广告代理公司的红人*。

电通职员写的书在书店随处可见，作者大多出身创意部，书的主题则以文案写作技巧、营销技巧居多。

不过我这本书，和他们那些可谓桥归桥路归路，互不相干。正如书名所示，本书不会分享任何工作技巧和创意手法，有的只是我多年以来在电通摸爬滚打出来的经验。

我刚进电通时，日本正处于泡沫经济的鼎盛期。从被分配到业务部的那一刻起，我的业务员生涯便正式开始了。我负责的第一个客户是一家大型电器公司，之后还有外资饮料公司、美国电影公司、卫星电视台、电商公司、保险公司等，之后的故事我会在第四章中详述。直到几年前，我从电通离职。

在日本所有的广告公司中，电通的规模可以说名列前茅。而且，电通对各界的影响力也不容小觑。甚至有传言说，电通"连社会舆论都可以自由操控**"，而且传得有鼻子有眼的。

作为长期在电通工作的一名普通员工，我想通过本书，把广告公司鲜为人知的内幕分享给各位读者。当然，如果刚好有

---

* **广告代理公司的红人**：创意部的员工都穿便服上班，夏天也可以穿polo衫和短裤。因为夏天比较闷热，他们在见客户（广告主）的时候也从不打领带。总是快到中午时才来公司，因为人家说"我晚上要出创意"。联谊聚会中最受欢迎的也是这帮人。

** **连社会舆论都可以自由操控**：是否可以"自由操控"，我们另当别论。不过电通和自民党确实有很密切的合作。据我所知，电通以前的确曾联合某家杂志，谋划发表一些抹黑另一家广告公司社长的文章，当时我参与了这个项目。

对广告行业感兴趣的学生看到本书，也可以借此了解一些在就业网站上绝对看不到的、大型广告公司的真相。

在写本书时，如果是“广告公司的内幕是怎样的”“电通发生过怎样的事”“我是怎样工作的”“遇到了一个怎样奇怪的人”这类话题，我可以滔滔不绝地说个没完。但当涉及比较私密的话题时，我的笔尖立刻变得沉重起来。特别是在写第四章时，我的内心无比挣扎。

然而，我必须写下去。既然决心要呈现给大家一个最真实的电通，就不可能只把自己高高挂起。我打定主意，把自己人生中最不为人知的一面公之于众。

希望大家在读完本书之后，在震惊、欢笑之余，能够以充满爱意的目光来看待和理解广告行业。

声明：本书内容皆为本人的亲身经历*，如有雷同，纯属巧合。

---

* **亲身经历**：虽说都是我的亲身经历，但由于部分事件发生的时间太过久远，不排除当时的某些情况随着时代的发展已经发生了变化，抑或我的记忆本身就不准确的可能，还请大家谅解。而且，电通公司内部的组织架构和部门名称经常改变，为方便阅读，我调整了一部分名称。还有，为避免大家对号入座，故事中出现的人名全部使用化名，部分故事情节我已做了适当改写。

第一章

电通不为人知的内幕

某月某日

下跪：

客户就是上帝

“立刻到我喝酒的地方来，现在！马上！”

电话那头是大型电器制造商S公司宣传部负责媒体工作的田代部长。我和上司吉井部长赶紧来到银座索尼大厦地下的一家店，也就是田代部长此刻所在的地方。

接到电话后，我瞬间就明白是怎么回事了。S公司明天在《日经新闻》上的广告位被换掉了，肯定是因为这个。

从很久以前开始，田代部长就坚持要把自己公司的广告放在《日经新闻》的第一页（报纸的正面第一页，而且是整版广告）。他的主张是：“这是读者看报纸时最先看到的地方*！”

为了满足田代部长的要求，在为S公司刊登广告时，我们会强力游说《日经新闻》方面，就刊登日期和版面分配问题进

---

* **最先看到的地方**：大家读报纸时最先从哪里开始看，我想是因人而异的。有很多读者也会选择从背面的广播电视节目表（《日经新闻》的背面是文化版）开始看起。还有一部分客户（广告主）会觉得“与体育版正对的页面更容易受到关注吧”，似乎对广告的位置并不是那么在乎。

行协商。

然而那天晚上，《日经新闻》编辑部通过业务部，向电通的新闻部下达了如下通知：

“S公司的整版广告，从原计划的第一财经版的对面，调整到了体育版的对面。”

只是通知而已，我们无权干涉报社对版面的编排，所以也根本没有讨价还价的余地。随后，电通新闻部的负责人立刻把日经的通知转达给我。

据日经广告部负责人解释，由于那天下午S公司发布了有关新商品的新闻稿，日经决定在第二天的第一财经版报道该则消息。

然而，日经对经济新闻有一条严格的规定，那就是：不登“具有炒作性质的报道”（我们暂且不论这件事是否属实）。由于日经规定“在新产品新闻报道的对面页，不得刊登该商品的广告”，于是S公司的整版广告被换到了体育版的对面。

收到新闻部的消息后，我的脑海中立刻浮现出了田代部长的脸。直觉告诉我，大事不妙。但是，因为合同中有约定：广告最终的刊登位置由报社决定。所以，如果田代部长来兴师问罪，我们也只能硬着头皮跟他解释了。

不知是喝醉了酒，还是愤怒所致，吉井部长和我来到店里时，等在那里的田代部长满脸通红。

“你们两个，给我坐下！”

田代部长指着餐厅的地板怒吼道。西装加身的吉井部长和我将擦得锃亮的皮鞋脱下放在一旁，接着扑通一声跪到了地上。两个人动作之一致，简直像是提前排练过一样。

“万分抱歉，请您原谅！”

“为什么一定要把我家的广告换到体育版？！你们现在立刻去把日经的印刷机给我停掉*！否则，广告费我一分钱都不会出！”

那边唾沫横飞地说个不停，一点儿解释的机会都不给我们留。我可以很明显地感觉到，周围人的视线被田代部长的怒吼声吸引了过来。两个老大不小的成年人齐刷刷地跪在地上，无论是谁看到这幅光景都会被吓一跳吧。

然而，现在可不是在意别人眼光的时候。为了保全田代部长的颜面，我跪坐着抬起头，小心翼翼地解释道：

“贵司的广告位置之所以被调整，是因为贵司今天下午刚好发布了新商品的新闻稿……”

---

* **印刷机给我停掉**：S公司之前曾计划在某报纸刊登一款摄像机的彩色广告，由于负责人对校样稿的颜色不满意，竟然跑到报社把正在工作中的印刷机给停掉了。还有一个案例，那是很久以前的事了。因客户的问题，一名广告公司的员工也来到报社叫停印刷机。而在这个过程中，他不小心看到了报纸上一则即将公布的经济丑闻。到了第二天，他大量卖出该企业的股票，由此大赚了一笔。不过，这场内幕交易很快就败露了。这名广告公司的职员也因此被立案调查。从此之后，外部人员进出印刷车间便成了报社严令禁止的事，无论有什么理由。

“简直是一派胡言。我可没听过有那种规定。”

田代部长虽然这样说，但全然没有了最初的气势。甚至让人感觉他有点儿不知所措，仿佛拳头挥到一半却没有了可以下手的地方。

“……出于上述原因，贵司的广告位置发生了变更。是我没有及时向您汇报情况，对此，我再次向您致以诚挚的歉意。请您原谅。”

我和吉井部长在地板上跪了大约一个小时，终于把事情的原委讲明白了。

“所以我就说嘛，以后这种事情一定要好好给我解释清楚。好了，今天你们就先回去吧。”

好歹是让田代部长从“把印刷机给我停掉”让步到了“你们先回去吧”。对于专门前来解释问题的我们来说，也算是达到目的了。

在周围人的注视下，我和吉井部长在门口回头又向田代部长深深地鞠了一躬，随后便三步并作两步匆匆离店而去。

第二天，听说田代部长从S公司宣传室的汇报中，得知了他们新产品发布的时间。也就是说，田代部长当初之所以生气，是因为他不太清楚日经分配广告的方式。

这一天，我们没有收到田代部长的任何联络。几天后，S公司准时汇来了本次的广告费用，一分不差。

在电通工作期间，我都数不清自己究竟下跪过多少次了。对下跪这件事，我早已驾轻就熟，丝毫没有抵触情绪。

记得我还是一名新人的时候，曾有一次跟随业务部的前辈去了一位知名女歌手的广告拍摄片场。拍着拍着，女歌手突然高声喊道：

“人家可说不出那样的台词*！”

这声怒吼将女歌手的愤怒展现得一览无余，现场的气氛十分尴尬。就在这时，我的前辈一个箭步冲了出去，同时迅速降低身体重心，一个滑跪来到了对方负责人的跟前，然后马上喊道：“万分抱歉！”最重要的是，这套动作刚好可以让女歌手清楚完整地看到。

看到这些，当时还是新人的我十分不解。遇到这种情况后，难道不应该先搞清楚问题，然后和对方商量解决方案吗？然而，一个老到的电通职员不会在此时踌躇不前。紧接着，前辈又冲到正要往休息室走去的女歌手面前，在离她脚尖还有五厘米的地方扑通跪在了地上。

女歌手无奈地苦笑了一下，继续向休息室走去。不过仅仅几分钟后，她就返回了摄影棚，重新开始了拍摄。

---

* **说不出那样的台词**：在拍摄广告片时，业内通常会用分镜脚本提前向演出人员说明拍摄内容。不过，在实际拍摄过程中，部分台词或内容可能会根据导演的想法或当时的情况临时调整。这次据说是因为女歌手的台词从最初的“是……哦”被改成了“是……呀”，这令她相当不满。

“福永，好好记着，没有什么比下跪更好用了。”

当时在我看来，能够从容地向别人下跪的前辈是那么的潇洒帅气。就像这样，电通人的下跪精神深深地打动着一个又一个人。因为对广告公司的员工来说，“客户就是上帝”。

某月某日

你能持续战斗24小时吗：

反复上演的悲剧

转眼间，我在电通工作已经好几年了。当时在日本有一首非常流行的广告歌，歌词仿佛是在讴歌那个时代的电通职员，哦不，是上班族的工作方式。

“黄色和黑色是勇气的象征，你能持续战斗24小时吗？*”

当时日本正值泡沫经济时代（经济高速发展期），电通职员几乎全天24小时都在工作。记得那时，我每天凌晨将近黎明之时才打车下班回家**。经过短暂的睡眠后，简单冲个澡，匆匆喝杯咖啡就又返回公司去了。

---

* **你能持续战斗24小时吗？**这句话出自日本制药公司第一三共集团于1988年推出的功能饮料的广告曲，歌曲由演员时任三郎所扮演的角色“牛若丸三郎太”演唱。三共方面称，“你能持续战斗24小时吗？”这句话的意思并非指“24小时持续工作”，而是说“能否在工作和生活时间都能保持战斗状态”。不过这种说法未免有些牵强了。

** **打车下班回家：**从我进公司开始，每个月都要花掉数不清的打车券。但是不管花多少，都没有被领导批评过，因为领导用的打车券比我更多。对了，我们每个月还会给负责处理事务性工作的、行政部的女同事“赞助”好几张打车券。

日子就这样一天一天地过，春去秋来，周而复始。直到有一天，电通一名刚入职的男员工小O因为过劳自杀了。那年他只有24岁。我和隶属于电通广播部的小O没有直接打过照面，只知道他是小我几届的年轻同事。

在那些夜以继日的日子里，我始终有一种亢奋感。年轻的我总以为，只有废寝忘食、不停工作，才能成长，才能感到充实。小O自杀的消息应该在公司引起了不小的风波，但我现在不怎么能记起当时的情形了。因为在此之前，电通就已经发生过数起员工自杀的事件。说这种事是“理所当然”可能会显得过于冷漠，但绝不是什么稀奇的事。而且，每起自杀事件都得到了“妥善处理”。

其中，让我印象最为深刻的，是A大学学生自杀事件。A大学的X教授是研究“市场营销论”的著名学者，在他的研究班里，每年都会有几名学生被电通内定。也就是说，X教授在电通有“后门”。某一年，X教授的儿子从教授执教的A大学毕业后，也进入了电通。然而刚进公司不久，教授的儿子就结束了自己年轻的生命。父亲X教授表示“不想将事件公开”，电通方面也始终坚持“工作和自杀没有因果关系”。据说，电通当时给X教授支付了一笔数额可观的“抚慰金”。照例，这件事也得到了“妥善处理”。之后，X教授的研究班每年还是会有学生被电通内定。

不过，小O的事和之前的那些稍有不同，因为小O的家属将电通告上了法庭。

调查显示，小O平均每个月的加班时长为147个小时。家属控诉，公司强制性的长时间劳动使小O患上了抑郁症，最终导致小O自杀。因此，电通需要对小O进行损害赔偿。但电通并不认可，之后便和死者家属走了民事诉讼程序。

就这样，小O的自杀和相关的官司才得以浮出水面。不过在那之后，电通内部并没有就长时间劳动进行什么有效的调整。就连我，虽然人在电通工作，但总觉得小O的事离我很远。

2000年3月，最高法院对小O的案子下了最终裁决。

判决认为，在此案件中，电通作为雇主“违反了安全保障义务”。长时间的劳动致使小O患上抑郁症，这是导致小O自杀的直接原因。该判决也是最高法院首次对员工因过量劳动导致自杀引起的民事损害赔偿诉讼做因果关系认定的裁决*。

审理结束后，铺天盖地的报道很快席卷全国，我也终于通过电视和报纸，得知了事件的全貌。然而，即便在社会上引起了这么大的轰动，电通内部似乎仍然没有太大的反应。老实说，当时我身边甚至还有同事持有“受害者有罪论”。

---

* **裁决**：本次判决中，法院还认定了小O的上司存在对小O进行职权骚扰的事实，包括但不限于强迫受害人喝倒在皮鞋里的啤酒、用鞋跟捶打受害人等。本次判决的赔偿金金额高达1.68亿日元。这就是日本劳动法领域中著名的“电通事件”。

于是，悲剧再次上演了。

那是2015年圣诞节当天的早晨，电通的新员工高桥松里女士从员工宿舍跳楼自杀。

同样，此次事件在电通也没有掀起太大的波澜。此时，距离小O案件的判决已经过去了15年，对这件事的记忆也已经淡出了很多人的脑海。

高桥女士2015年4月入职电通后，被分配到了数字广告的相关部门，负责网络广告业务。这个部门是出了名的接单速度快，工作量之繁重遥遥领先于电视、报纸、杂志等广告渠道。

当年10月，高桥女士被正式录用（4 ~ 9月为试用期）。从此之后，她的工作量更是直线攀升，每月的加班时长达130个小时，已经远远超过了被称作“过劳死之线”的80小时。但是，为了不超过劳资协议所限制的加班时长*，上司让她瞒报了实际的工作时间。

以业务部为例，在当时的电通，“每个月80小时”的加班可

---

* **不超过劳资协议所限制的加班时长**：正常的出勤时间是通过电脑系统严格监控的，所以，有些极富“使命感”的年轻员工会想尽办法钻系统的空子，为公司奉上无偿加班。他们先是在自己的电脑上输入下班时间，然后拿着工作证刷开公司门口的闸机佯装下班。接着趁保安不备，一个转身跳过正在关闭的闸机门，再次返回公司工作。这时如果不幸被保安抓到，那么他们就只能老老实实走出公司大门。当然，他们并不会就此作罢，而是会绕道到地下三层，翻过无人看管的闸机门后，返回办公桌继续加班。等工作结束后，再次翻越地下三层的闸机门，离开公司回家。

以说是家常便饭*。

不过，业务部经常需要在周六周日举办和参加活动，这些也会被计入加班时长。和以内勤和案头工作为主的高桥女士相比，加班的性质完全不同。

高桥女士自杀后，电通居然还企图利用当事人的失恋故事，将自杀的原因归结于当事人的个人生活问题。然而，高桥女士过去在社交平台上的发言，证实了她不仅存在过量劳动，而且还遭受过来自上司的职权骚扰和性骚扰。

因电通“长期违法加班、助长无偿加班现象”，2017年10月6日，东京简易法院以违反《劳动基准法》为由，对电通判处了50万日元的罚金**。电通对判决没有提出上诉，并接受了处罚。随后，电通向高桥松里女士的家属支付了赔偿金，双方达成和解。

在之前的事件中，电通内部总是无动于衷，仿佛那些事与自己无关，但这次不一样。首先，电通的社长在公司内网上发

---

* **加班可以说是家常便饭**：电通非常鼓励员工加班和休息日出勤。如果看到年轻员工正在加班，有些领导甚至还会欣慰地称赞道“这是你们努力的证据啊”。当然，为大家发放加班费和休息日出勤补贴时，公司倒是也毫不吝啬。

** **罚金**：判决指出，“作为日本最具代表性的企业之一，电通本应在打造合理的劳动环境方面起到带头作用，但其内部长期存在违法加班现象”。并且，电通关西分公司在2014年6月被劳动基准监督局责令整改之后，为防止公司接不到2020年东京奥运会和残奥会的相关业务，仍旧“出于公司利益”致使员工无偿加班的状况蔓延。因此，法院认为“电通应承担严重的刑事责任”。

表了关于高桥女士自杀的看法，表示公司应对事件负全部责任。接着又出台了新制度，旨在加强对职权骚扰和性骚扰的惩罚力度。同时完善内部举报制度*，加设匿名举报通道，允许员工匿名通过公司外部的律师事务所直接起诉。

对电通来说，这种变革称得上是翻天覆地。后来，管理层强制员工过度加班的现象不见了。如果实在是需要加班，也只能由管理者来完成工作了。

还有一个很重要的原因，或许是客户的工作理念也发生了变化，他们不再加班，也不再向广告公司提出需要加班才能解决的需求。另外，由于新冠疫情，很多工作现在大家都默认为是可以远程处理的。

再也不需要有人持续战斗24个小时了。

---

* **完善内部举报制度**：制度完善后，公司收到了大量性骚扰和职权骚扰的举报。为了处理这些举报信息，人事部的加班也多起来了。真是令人哭笑不得。

某月某日

棘手的人才：

裁员的手段

新冠疫情让电通的业务模式从根本上发生了变化，也可以说是对电通过去工作方式的全盘否定。由于很多客户把业务都转移到了线上，电通也不得不做同步调整。

就连传统上必须面对面沟通的业务工作和需要就细微环节反复交流的创意工作，也未能“幸免”。这种情况下，在线上演示广告方案时，通过电脑屏幕展示出来的分镜，还能保留多少真实感和Sizzle感*呢？曾经热闹嘈杂的办公楼这会儿也冷清了

* **Sizzle感**：“sizzle”一词在英语中指烤肉或油炸食品时发出的呲呲声，或肉汁滴落的样子。日本广告界常用“Sizzle感”来表达能够激发人食欲或购买欲的感觉。我认识一个广告策划人，他的策划就很有Sizzle感，就像是相声演员的口技表演一样，让人听着觉得身临其境。还有一名广告文案撰稿人，每次展示方案时他都会亲自演唱自己作词作曲的广告歌曲，还会为歌曲编排舞蹈，这个也可以算作一种表达手法上的sizzle。

起来*，公司也不再给员工发放交通补贴，取而代之的是居家办公的电费补贴。即便现在新冠疫情已然结束，电通远程办公的习惯也保留了下来，目前将近半数的工作依然通过线上进行。

在新冠疫情之前，电通就已经在隔三岔五地裁员了。其中有一项针对部长级以上员工的裁员政策，美其名曰“额外退休金支付制度”。此外，电通还特意成立了“N合同会社**”作为接盘公司，该公司成立的主要目的是，与提前退休的员工签订业务委托合同。

之后，电通给提前退休的老员工额外支付的退休金，金额每年都在上涨。也就是说，提前退休的好处多多。曾有在55岁时提前退休的员工，退休金总额竟超过了6000万日元***。

我和早年间与我同年入职的同事姬野，每年都会约着吃上

---

* **办公楼这会儿也冷清了起来**：以此为契机，电通在裁员的同时，也退租了很多不需要的办公楼，并陆续出售了位于东京、大阪、名古屋等地的总部大楼。最后，电通将位于东京汐留的总部大厦，以3000亿日元的价格卖给了由日本房地产巨头Hulic等出资的特殊目的公司（SPC）。不过电通并没有搬离这里，而是以租赁的形式继续使用这座大楼。

** **N合同会社**：该公司成立于2020年11月，由电通100%出资。电通宣称，这里将成为大家的“生活过渡平台”。年龄在40～50岁、主动从电通辞职的老员工，可以以个体经营者或法人代表的身份，作为“专业合伙人”与该公司签订最长为期十年的业务委托合同。公司将为这些人员提供一定金额的酬劳，同时还会为身为专业人才的老员工开辟第二职业提供支持……当然了，这些都是场面话。因为直到2024年的今天，我还一次都没有从过去与该公司签约的老员工那里，听他们说过类似“薪资提升了、工作很有意义”这样的话。

*** **超过了6000万日元**：我听说，除了3500万日元的退休金之外，确实有员工额外获得了2500万日元的“提前退休特别津贴”。

一两次饭，他就是选择了提前退休的初期成员之一。不过在他退休后，我们很长时间都没再约。这一天，我和姬野久违地又聚在了一起。吃饭期间，他后悔得直跺脚。

“福永啊，我辞职还是辞早了。要是再多忍两年，退职金起码能比现在多2000万日元！”

说实话，在二百多名员工从电通辞职的过程中，对那些同意提前退休的同事，我从来都是冷眼旁观。

“你们是被公司抛弃的人。”

没错，我就是这么想的。

“我可是全能型人才，总会有地方容纳我。”

很多提前退休的人可能都有这种心理，但实际上，他们中有很多人正在因找不到再就业的去处而迷茫。

在社会上所有的职业中，电通职员或许是最棘手的人才。不学无术，唯独自尊心很强，理所当然地认为自己可以拿到高薪。

不过对他们漠然置之的我，终究也是被裁员的巨浪吞没了。关于这点，我将在第四章详述。

某月某日

过度招待：

高尔夫球、高级餐厅、洗浴会所

松木是大型电器制造商F公司的宣传部部长，非常喜欢打高尔夫球。他的办公桌上总是放着几本高尔夫球杂志，只要一有时间，他就会站在办公桌旁扭着身子练习挥杆动作。

这个松木部长动不动就把我们公司的业务部部长叫出来，对他说：

“怎么样，下周一起去吧？”

意思就是说“快请我去打高尔夫球吧”。不过这句话背后还有一层含义，那就是“你要是不答应，咱们之前谈的那个项目我可不同意”。

“说起来下个月的展会啊，那个桁架（柱子的结构）不是得我们公司掏钱来做嘛。可是采购那边抱怨说，组合和拆解架子的成本太高。这个项目搞不好连审批都通过不了。”

还不忘顺带威胁几句。

我们部长哪敢违抗松木部长呀，只能百分之百配合。否则，

“关照”可能就要跑了哟。

电通每个月都会请客户公司负责广告宣传的领导或部长级别的人，去打一次高尔夫球*（一般都是专车接送，返程时还会带上伴手礼）。这几乎已经成为惯例了。

不只是我们招待客户**，有时我们也会反过来被媒体、制作公司等合作方招待去打高尔夫球***。而且，在打高尔夫球之前和之后还会有各种附加项目。

说一件20世纪还处于泡沫经济时期的事吧。某个周五的晚上，在地方电视台东京分公司职员的陪同下，电视部（电通的一个部门）一名20多岁的年轻员工粟村飞往了九州某地。到机场后，前来接机的专车随即就把他们送去了当地的高级餐厅。酒足饭饱后，又被带到了会员制的高级洗浴会所。洗掉全身五彩的泡泡，之后便入住了高级酒店。第二天早上，又是专车前

---

* **高尔夫球**：2001年11月30日，电通在公司创立一百周年之际，在东京证券交易所东证一部完成上市。而在此之前，广告宣传部的科长、股长，甚至普通职员，平均每两个月就会以庆功宴之名，召集客户来打一次高尔夫球。不仅是电通，甚至可以说全国高档高尔夫球场的会员卡，几乎都被各家大型广告公司的业务部部长承包了。时至今日，每当公司发生人事变动，光是高尔夫球场的会员卡过户费都是一笔不小的数目。不过相比过去，这种高尔夫球聚会如今已经少了很多。

** **我们招待客户**：陪客户打高尔夫球通常是业务部的工作，不过有时也可能会让市场部的黄头发外国员工（电通的合同工）去接待。再或者，也可以安排电视台的女主播和他们打上18洞。

*** **招待去打高尔夫球**：那是很久以前的事了，当时的电通创意部总监，在一次公司内部的大型会议上毫不避讳地说：“从我进入电通后，就再也没有用自己的钱打过高尔夫球。”也正是因为这句话，这位总监惨遭降职。

来迎接。白天和地方电视台的高管们打上一整天高尔夫球，夜晚则是高级餐厅和洗浴会所的第二回合。隔天的第一站仍然是高尔夫球场，结束后再次由专人专车送到机场，最后返回东京。连20多岁的年轻职员都是这样，就不用提级别更高的领导了。

即使在今天，我们姑且不论消费金额的高低，不管是广告公司对客户，还是媒体对广告公司，花样繁多的“招待”也从未停息。除了高尔夫球，在招待部长级别以上的客户时，高级餐厅、会员制酒吧，或地处银座的高级夜总会也是必选项目。虽然次数比过去少了许多，但对广告公司来说，这类活动仍然是被允许的，或者说是被鼓励的。

正所谓上行下效，看着领导的所作所为，下属们也慢慢开始有样学样。不过，即便对方再怎么是客户，对对方的年轻职员，我们并不会如此那般大动干戈。

对此心照不宣的年轻职员在我耳边嘀咕道：

“您知道哪里有好吃的生鱼片吗？那种小酒馆里的就可以。”

“听说了吗？六本木最近新开了一家夜总会，真想去看看。”

“有阵子没吃烤肉了……”

听到他们的碎碎念，我们广告公司当然也会积极响应。这些“简便”的小招待*不仅可以用作人际关系的润滑剂，在遇到难以解决的工作时，也是一个很好的疏通手段。兴许是电通的环境使然，就我个人而言，倒是丝毫不排斥这些。不对，我甚至觉得这是好事一桩。

众所周知，任何一家公司都会有业绩任务，广告公司也不例外，基本上每家广告公司都会按季度设定业绩目标。那么平时的招待应酬，也将会在这里发挥它的关键作用。

广告界也有它的“二八定律”，即每年2月和8月，广告公司的销售额普遍都比较惨淡。有一次，我所在的业务部也在为第四季度的业绩而烦恼。

还有一周就到期末了，完成目标希望渺茫，几乎所有人都放弃了，只有总监依然气定神闲。

“我出去一下。”总监留下这句话后，便打车去了化妆品公司嘉娜宝。

第二天，总监悠然自得地来到了公司，用响彻整个部门的声音说：

“嘉娜宝的电视广告订单拿下了，5000万！”

前一天，总监亲自去找嘉娜宝的高管谈判，并当场签下了

* **“简便”的小招待**：招待客户吃午餐是最常见的简便招待。如果人均费用不超过5000日元的话，直接按会议费处理就可以。对客户这种程度的要求，我还是蛮乐意满足的。我的某位前辈，曾有客户跟他提“午休的时候想去吉原的洗浴会所”，于是那天他大中午就打车陪客户去了，真是一员猛将。

对方5000万日元的电视广告订单。不愧是总监*。终于，日积月累的招待在此刻发挥了它的威力。

* **不愧是总监**：其实，我们部长之前也跟嘉娜宝谈过电视广告的合作，但是几天前被对方拒绝了。看来，谈客户也得看“身份档次”啊。

某月某日

中元·岁末：

在“想投广告”和“想接广告”的夹缝之间

与纸醉金迷的花样招待比起来，电通给客户送的中元节和年末节礼反倒朴素了起来。给部长级送的，也不过是罐装啤酒大礼包，而给普通员工的，顶多就是印有电通标志的毛巾。这些能够被客户家人看到的礼品，就如同在为他们平日里奢靡的应酬打掩护一般。

相反，各媒体和制作公司给电通职员送的节礼，那可真是相当丰厚。

就连我这种基层员工，每逢中元节和年末，大包小包的礼品也接二连三地从商场送到家里来了。

那是我还在做大型饮料制造商C公司品牌负责人的时候，那一年广告制作公司送的是高级威士忌、巴卡拉的水晶杯和皇家哥本哈根的餐具套装。

要说最夸张的，当数我在负责卫星电视台S公司业务的时期。高级火腿、高级威士忌、红酒、香槟、日式点心、西式点心、啤酒、果汁、色拉油大礼包……礼品一个接一个地从关东地区的各大电视台、广播电台送来，多到我全家都用不完。

能到什么程度呢？有一年夏天，我甚至直接向各家媒体的负责人恳求道：

“其他的东西先不说，那个啤酒和果汁的礼包可不可以帮我直接寄到公司啊？先不要往我家送了，家里已经用不完了。”

放眼整个电通，中元节和年末收礼最多的地方，当数“报纸部地方组”和“电视部本地组”。这两个部门过去*在东京总部、关西分部和中部分部均有开设，主要负责地方报纸和地方电视台的广告位招商业务。

在实际工作中，大客户（身为广告主的各大型企业）在某个地区的广告投放量，可以说完全是根据地方组和本地组职员的分配方法而决定的。

现在来让我们看看，在地方电视台投放广告的具体流程。

首先，大客户向广告公司提出一个大致的需求，比如“我们想投个广告”。

“老样子，这次也全权委托给贵司了。您把广告预算酌情给各家电视台分配一下吧。”

因为地方电视台的数量太多，如果企业仅靠公司内部的宣

---

* **过去**：如今，关西分部、中部分部的报纸部地方组和电视部本地组均已被减员或取消，其职能大部分都转移到了东京总部。

传部门给各家电视台分配广告预算，不知道要到哪天才能做完呢。因此，大部分情况下，企业的广告投放从策划到正式签约，全都会交给广告公司去做。

再来看电视台方，他们会把广告位招商业务整个外包*给广告公司，和企业方是同样的状态。因为地方电视台的业务员人数有限，要想亲自把所有大客户都跑一遍，简直难如登天，所以他们也只能依赖电通。

也就是说，广告公司就是那个在想投广告的一方（企业），和想接广告的一方（电视台）之间，进行信息整合和资源分配**的人。

在面对广告主（企业）时，我们会这样说：

“这家电视台的生活节目深受当地居民喜爱，相比收视率，它的收视品质或许更高。因此，我们推荐在这个台进行投放。”

不过和电视台这边就不需要解释那么多了，只要说一句“这是客户的意向”，就可以随心所欲地分配预算了。

倚仗自己的专业知识，电通电视部本地组在配给广告时可

---

* **整个外包**：其实，在企业内部根本没有几个懂电视广告专业知识的人。至少在我做业务期间，从来没有听到过企业客户对电视广告投放策略有过什么具体的指示。

** **分配**：在电通，有些职员不允许地方电视台直接和企业客户接触。因为双方之间“多余”的交流，会让电通的优势被削弱。据我所知，现在能够不顾电通的面子，果敢地与企业直接谈业务的，仅有Nippon Broadcasting（日本广播协会）一家。

以说是“为所欲为”。简单来说，对那些曾给自己行过方便的电视台，他们会拿出更有利的合作方案。

地方报纸也是同样的情况。电通报纸部的负责人会对企业客户这样介绍：

1.“地方报纸的市场占有率相当之高*，因此，把广告全部投在费用低廉的地方报纸上是最佳方案。”

2.“要说影响力最大的，还得是全国性报纸，《朝日新闻》和《读卖新闻》必须安排上。把广告投在全国性报纸上，是最简单、最快速触达消费者的方式。”

3.“想要提高覆盖率，地方报纸和全国性报纸上最好都要投放。虽然成本会高一些，但这绝对是最理想的投放策略。”

只要能够灵活运用这三句话，几乎没有谈不下来的客户。因为这三句话每一句都是正确的。

也就是说，电通报纸部地方组和电视部本地组职员的手里，掌握着地方报纸和地方电视台的生杀大权。

这也就是为什么每逢中元节和年末，报纸部地方组和电视部本地组职员家，会一直有快递员来敲门了。

---

* **地方报纸的市场占有率相当之高**：据Media Value统计，《北海道新闻》的发行量为90万份，在整个北海道的市场占有率约为73%。相比《朝日新闻》《读卖新闻》《每日新闻》《日本经济新闻》的合计总发行量33万份，《北海道新闻》的市场占有率相当高（2021年数据）。同样情况的还有宫城县的《河北新报》，发行量38万份，在县内的市场占有率为74%；新潟县的《新潟日报》和爱知县的《中日新闻》，县内市场占有率均为70%，都占有绝对优势。

某月某日

三足鼎立：

最硬的关系是什么？

在托关系走后门谋职时，存在一种由电通、企业和媒体组成的三足鼎立格局。那么在这里面，谁的关系最硬呢？

想必有很多人会回答："那肯定是金主（企业）的关系最硬了。"然而，企业的关系并没有大家想象中那么好用。钱从企业流向广告公司，但不会回流，而且广告公司的人事变动也非常频繁。高管也好，部长也好，这些人说到底只是上班族，没有人能保证他们会一直待在那个位置上。

说回我负责大型饮料制造商C公司业务的时候。

C公司市场部*的部长古屋来我们业务部找关系，想让我们给他大儿子在电通安排一份工作。古屋部长可是名副其实的精英人士，一口流利的英文，工作做得既出色又漂亮。和工作时

---

* **市场部**：在外资企业中，宣传部多被叫作"市场部"。市场部从销售部门中单独分离出来，一般是专门负责品牌开发、维护和强化的部门。市场部的下设部门通常又有媒体部和营销部。

一样，他在托人办事时的秘密工作也很出色。很快，电通业务部的同事便把古屋部长的意思带到了人事部，并开始进行人事安排。

不过，古屋部长的大儿子并没能拿到电通的内定。这引得古屋部长勃然大怒，他一改往日的精英风范，对着我们部长就是一顿痛斥。部长紧接着把这个消息汇报给了业务部总监，总监又去人事部讨说法。最后才弄清楚，原来是人事负责人忘记给古屋部长的儿子提交入职申请书了。

我们总监不停向古屋部长道歉，并把他大儿子安排进了电通的关联公司。为了进一步表示歉意，第二年把他的二儿子也安排进了电通。

但是，事情并没有就此结束。第二年，通过关系顺利进入电通的古屋家二少爷，在入职不到一年后就辞职了。业务部总监不解地叹息："真是搞不懂，他为什么要找关系进来呢。"其实，这个年轻人之所以辞职，原因在于他所在的部门。

古屋部长的二儿子进的是电通报纸部的地方组。

正如前文所说，报纸部地方组掌握着地方报纸的生杀大权。而且，2011年之前的历任社长都是出自这里，可以说这里是公司最优秀的部门。但与此同时，这也是一个有着地狱般工作强度的、十分锻炼人的部门。传说连哭闹不停的小孩儿来到这里，都会乖乖闭嘴。

因为我当时正负责对接C公司，所以跟古屋家的二儿子也算比较熟。他来电通后，我们还一起吃过几次午饭。吃饭时我曾听他抱怨：

“福永哥，每天去卖一个根本卖不出去的东西，可真不是个好干的工作啊。”

哦，他所说的“卖不出去的东西”指的是地方报纸上的广告位。在当时，地方报纸上的广告位几乎无人问津。

“我可是听说，地方组在公司内部的业务能力是一流的。”

“哈哈哈，您是在挖苦我吗？”

他有气无力地笑着说道。

面对广告位招商难的困境，报纸部地方组的年轻职员所采取的是“死乞白赖战术”。因为面对与社长关系密切的部门，所有业务都不敢怠慢。于是，年轻职员就利用这层利益关系，来完成自己的招商任务。也就是说，他们并没有直接把广告位卖给企业，而是让电通内部的业务部给买了*。因此，报纸部新闻组的新员工，几乎每天都在电通内部的各个业务组之间奔走穿梭。大家常常揶揄他们“广告不是从企业那儿拿的，而是从电

---

* **让电通内部的业务部给买了**：这时，会计需要做一个叫“公司承担”的处理。在本次的案例中，业务部会把地方报纸的广告位免费送给企业，用来作为对企业“平时给予业务支持的答谢”。而这部分广告费，实际是由电通的业务部来承担的。资金来源会使用“加成”（Markup）这一手法来处理（这一点将会在后文展开详述）。

通拿的”。

“我知道大家用有色眼镜看我们，但是我们也是没办法。并且业务部的同事平时工作都很忙，为了拿到广告，我每次都求人家好几个小时人家才答应。我真的已经受够这种工作了。”

尤其像古屋家的二儿子这种没吃过苦、靠关系进来的员工，哪能受得了这份罪，所以不到一年就辞职了。差不多同一时期，原来市场部的古屋部长正好也被调到了C公司的其他部门。这样一来，电通就可以将他的事束之高阁了，因为他再也没有机会来电通说长道短。所以大家看到了，如果说企业的关系最硬，那肯定不会出现这样的情况。那么，最硬的关系是什么呢?

答案是媒体。广告公司和媒体通过“广告”形成了一种相互依存的关系，包括相互持有股份等，二者可谓唇齿相依。

近年来，连企业方部长级别的高管，都很难再托关系把自己的孩子塞到电通了。相比之下，媒体方面的关系宽松得很。在我看来，广告公司和媒体之间已经形成了一种超越了金钱的“畸形纽带”。如今，电通内部地方报纸和地方电视台高管的子女扎堆，同样，很多电通高管的子女都在媒体工作。

电通和媒体通过互相收拢对方权势者的子女来团结彼此，真是像极了战国时代的政治联姻啊。

某月某日

雪饼：

“大人物就是厉害啊”

在电通的企业内刊《电通人》*每年4月份的期刊上，会有一个专门用来介绍当年新入职员工的栏目。除了员工的照片、姓名等基本信息**外，介绍中还会刊登新员工本人对未来工作的理想和抱负等。

有一次，我鬼使神差地翻开了那年的《电通人》。在看到新员工介绍栏目时，一个名叫“鹤井和志”的年轻人引起了我的注意。因为在所有新员工中，只有他没有刊登照片，或者说除了姓名外，再没有任何其他信息。

我百思不得其解，于是去找公司的顺风耳添田君打听了

---

* **《电通人》**：该刊物每月发行一期，除了在工作中发生的故事，还会刊登与员工个人生活有关的内容，例如登山爱好、参加马拉松比赛等。听说有些老员工会事先拿到有“新员工介绍”那一期内刊的校样稿，试图从新员工中挑选美女到自己所在的部门。

** **基本信息**：过去还会介绍每个人的毕业院校，但是现在好像已经不再记载这一项了。

一番。

原来，鹤井和志是自民党某位知名政治家的长子。不知是因为太贪玩还是不擅长学习，眼看就要大学毕业的鹤井仍迟迟找不到工作。这天，心急如焚的鹤井父亲给电通的社长打来了电话。据说，挂电话前鹤井父亲还恫吓社长：“你清楚该怎么做吧。”就这样，鹤井的工作有了着落。但由于鹤井的人事安排过于突然，所以他的照片没来得及往内刊上印刷。

时间来到这年的6月。麦芒掉进针眼里，鹤井居然被安排到我们业务部来实习了。歪歪扭扭的领带上方，打着一个大得出奇的领带结，西装上的褶皱也让人无法无视，这是我第一次见到他时的情形。也不知道他是不是好几天没洗澡了，当我靠近他时，汗水夹杂着护发素的气味不停地向我的鼻子袭来。

“嘿，请大伙儿多关照啊。”

他吊儿郎当地跟大家打了个招呼。鹤井和他父亲一样都戴着眼镜，透过厚重的镜片，我看到了一双混浊的眼睛。

终于，事件发生的那天来了。业务部的田原部长被委派指导鹤井工作，这天，鹤井跟随田原部长去一家大型化妆品公司谈业务。两人来到客户公司的接待室，接待室的桌子上摆着满满一盘招待客人用的雪饼。大家正要开始谈工作，没想到那家伙竟然开始吃雪饼了。他吃了一片又一片，咀嚼雪饼的声音响彻整个接待室。回到公司后，田原部长惟妙惟肖地跟我描述着鹤井在客户那里做的糗事，言语之间尽是嘲讽，其中让我印象最深刻的一句话是“大人物就是厉害啊”。

果不其然，客户隔天就打来了投诉电话。同一天，鹤井被紧急“寄放到了人事部”。从那之后，我再也没有在业务部见到过他。也就是说，鹤井被公司“雪藏”了。

7月初的一天，鹤井又出现在了业务部。不过这次，他是来跟大家告别的。得知此事后，田原部长笑着感慨道：“很好很好。对于电通来说是件好事，对他本人来说也是个正确的选择。”

鹤井倒是不以为意，不管是对自己做过的事，还是在电通的种种遭遇，他似乎全然不在意。我随口问道：

“鹤井，你接下来有什么打算？”

他从旁边的桌子上随手拿起一包雪饼，哗啦一声撕开包装袋就吃了起来。他边嚼雪饼*边回答：“哦，我爸新开了一家安保公司，下个月我就要过去当董事了。”

隔年，电通人事部发表了一则具有历史意义的声明：

“近年来，由于托关系入职的现象越来越多，致使公司整体员工素质有所下滑。为此，我们将引入淘汰考试制度。”

---

* **嚼雪饼：**也许有很多读者觉得我描述得太夸张了，但事实上我既没有夸大其词，也没有添油加醋。当时鹤井是真的在狼吞虎咽地吃雪饼，我甚至都怀疑自己是不是正在看小品表演。这幅光景对我来说太具有冲击性了，导致我记忆犹新。

如果入职考试的成绩不达标，那么不管这个人背后有什么样的人脉，电通都不会录用。这也是电通历史上首次出台人事相关的政策。

然而，政策的细则却又令人大跌眼镜。“问题共有10道，答对6个以下的不予录用。”让人不禁想问，这难道是小学考试吗?

有了这个政策，真的能减少不正当入职的发生吗?答案我们不得而知。

某月某日

寻找关键人物：

如何搞定铁公鸡部长

在我还是新员工的时候，曾负责大型家电制造商F公司的业务。F公司宣传部部长*菊川身材瘦长，在控制成本方面特别精打细算，素有宣传部“成本切割刀”之称。他到底有多吝啬呢？可以说已经到了神经质的程度。对公司宣传经费的支出更是斤斤计较、吹毛求疵，仿佛挑毛病、削减成本就是他活着的意义。

这个菊川部长是一个十足的钢琴爱好者，甚至买了架三角钢琴放在家里。听说他本人的弹奏水平也相当高，已经达到了专业级别。除弹奏钢琴之外，他对其他的音乐知识也颇为了解，有很高的音乐造诣。

* **宣传部部长**：前文中提到，对广告公司来说，企业的宣传部就是“上帝”。那么在企业内部，宣传部又是一个怎样的存在呢？事实是，除了索尼这种热衷于提高品牌价值，并甘愿为此投入大量成本的企业之外，宣传部在公司中的地位普遍不高。宣传部本身就是一个非主流的部门，在一个公司的宣传部待的时间越长，与社会的脱节程度就越严重。

东京每年都会举办钢琴音乐会，而F公司就是音乐会的主要赞助商*之一，听说这都是菊川部长的安排。明明是只铁公鸡，唯独遇到与钢琴有关的活动时，会变得异常慷慨。

电通深知菊川喜欢钢琴，于是向F公司推荐了一场音乐家钢琴演奏会的赞助广告位，果不其然，F公司当场就同意了。说实话，要是换作别的公司，是绝对不会接受这种项目的。总而言之，只要是与钢琴有关的广告方案，在菊川这里基本上百发百中。

还有一次，当时F公司正计划制作新的广告。这天，我作为该公司的业务总负责人，把制作费的预算方案拿给了菊川。看完报价后，他的脸色马上沉了下来。

“这比我们预想的高太多了。”

我早就料到他会这么说。每当第一次看到预算报价时，菊川都会表示不满。我丢下一句“那我们再研究一下”，就告辞了。

在制作费还没有谈拢的情况下，新广告片的制作开始了。

---

* **音乐会的主要赞助商**：每当有大型活动，例如外国知名艺术家来日本演出时，主办方都会在舞台正前方留出“相关人员专用座位”。其实，这些座位是为电视台、赞助商和广告公司的高层准备的。有一年，一场即将在日本举办的美国音乐节，因预算不足而面临取消的危机。后来，在电通的撮合下，饮料制造商C公司成了本次演出的冠名赞助商，演出得以继续。主办方喜出望外，给我们免费发放了演出门票。那场演出可谓众星云集，连迈克尔·杰克逊都在。这就是电通的“演唱会门票特权”。

对广告公司来说，广告的实际拍摄工作可等不及你和客户谈好条件，因为广告的发布日期和播出日程是提前定好的。

新广告的背景音乐是一段原创的爵士钢琴曲，不过这个设计并非为了迎合菊川的喜好，而是由与之毫无关联的广告策划人碰巧提出来的。

正常情况下，客户宣传部长级别的领导并不会来广告的制作现场。但这天，制作部正在热火朝天地剪辑新广告时，菊川却来了。

“我刚好来附近办事，所以顺便过来看一下。”他佯装偶然来此。

后来，经过菊川的一番指点，新广告当场拍板。

一般来说，电视广告的制作耗时十分长。制作中的每一步工作都需要万分谨慎，加班到深夜更是家常便饭。有时，广告片明明已经做好，并取得了客户的同意，却因为客户突然一句“不太满意”，而将之前的片子丢弃重来。

之前，每次做新广告时，菊川都只是象征性地看一眼导演已经确定好的成片。但是这次，他深夜出现在了电通的制作部，而且当场对新广告点了头，这绝对是史无前例的。

我猜，大概是因为他太过在意广告里的那段钢琴旋律，在家根本睡不着觉，所以才会大半夜跑来监工的。从剪辑室回家的路上，菊川小声对我说：

“我说，这个广告里的钢琴曲有没有乐谱啊？”

我马上回答：

“我马上给您送过去。”

其实乐谱根本就不存在，因为那段曲子是钢琴家即兴演奏出来的。

我给上司打了个报告，然后委托制作公司根据旋律将乐谱写了出来。随后，我拿着完成的乐谱来到了F公司的总部。

“哎呀，你给我拿来了呀。真是不好意思了，谢谢。”

菊川眉开眼笑地看着乐谱，手指已经开始弹奏想象中的钢琴了。

而关于广告制作费的报价*，自然也是按照我最初提的条件顺利通过了。

当然，这只是其中一个案例。对广告公司的业务员来说，准确把握客户公司关键人物的爱好是铁则。社长自不待言，对方宣传部的高管、宣传部长、宣传部员工，甚至连他们家人喜欢的人、事、物都要调查清楚。根据我的经验，相比关键人物本人，从其配偶或家人的“最爱”处下手胜算更高。

---

* **制作费的报价**：作为电通的业务员，我们在制作报价时，必须把在银座高级夜总会招待客户的费用也算进去。当然，报价时这个费用会被均摊到其他项目中，并不会明确列出“交际应酬费”这一项。

“社长的夫人是韩剧主演××的粉丝”“宣传部长的夫人是茶道老师”“常务的女儿正在英国留学”……只要掌握了这些信息，关键时刻便能出奇制胜。

再说一个真实的例子。有一次，业务部的前辈根来和电脑制造商F公司的宣传部长一起喝酒。这个宣传部长喝到兴起，笑意盈盈地说道：

“你知道吗，我特别喜欢山w田洋次导演的电影《幸福的黄手绢》(幸福の黄色いハンカチ，1977)。太喜欢高仓健了，而且我老婆也是高仓健的粉丝。我们两个就是因为这个才走到一起的。”

这段话深深地刻在了根来前辈的脑海里。

1994年，F公司将在这年推出新的电脑机型。本次的新产品攸关F公司的命运，所以新品的广告自然容不得半点马虎。对方将采取竞标的方式，来确定与哪家广告公司合作。而这个时候，之前和根来前辈喝酒的宣传部长已经晋升为F公司的董事。

得知这个消息后，根来前辈马上找到了创意部的负责人，他说：

“新广告一定要请高仓健来演，出场费多高都可以。”

最后，电通以压倒性的优势赢得了竞标，请高仓健出演了新广告。直到今天，F公司董事的家里还挂着董事夫妇与高仓健的合照和高仓健的亲笔签名。

某月某日

出轨的代价：

两周的国外出差

飞松是我业务部的前辈，进公司的年份*比我早一年。飞松读大学时，做过学校啦啦队的队长，这是他最引以为傲的光荣历史。进入电通后，吃苦耐劳、工作能力强的飞松很快便受到了公司领导的赏识。

“我说，你要多向飞松学习啊”“好好跟你飞松哥学习”“一定要听飞松的话”……上司们不知拿这个名字提点了我多少次。

客户对他也很满意，因为不管他们说什么，飞松都会立刻回应：“没问题！”

可是他的后辈，也就是我们，日子可就不好过了。“喂，福永，今天必须把这个做完！”“你连这种事都做不好吗？”……这就是他日常对我们说的话。

---

* **进公司的年份**：有的人可能因高考失利复读了一年，或是在大学期间留了级，导致自己实际参加工作的时间比正常毕业的人晚了一些。但是在电通，“进公司的年份”是区分前后辈的绝对标准，与每个人的实际年龄无关。也就是说，你在电通的前辈，有可能比你的年纪小。

对“上面”八面玲珑的飞松，对“下面”的人可是毫不留情。强迫后辈干各种事，一点儿也没有前辈的样子。他的两副面孔令我厌烦。

有一年，飞松把世界杯足球赛的电视广告位，成功卖给了自己负责的一家电器公司。而为了奖励将大型体育赛事的广告位卖出的广告公司职员，电视台会送他们免费去现场观看比赛*。因为这种四年一次的黄金体育赛事，电视台的广告费是黄金级别的。

作为酬谢，飞松被电视台赠送了一趟包来回机票和当地住宿费的“欧洲出差”。出差总时长为一周，出差期间唯一要做的工作，就是在现场观看世界杯比赛，说白了就是一场为期七天的观光旅游。领导们对“工作能力强”的飞松极为仁慈，对于这次旅行，领导们表示：

“这次干得不错！都是你的功劳，堂堂正正地去看比赛吧。”

于是，飞松按照固定的格式向公司提交了国外出差的申请书。然而在出差申请书之后，他又追加了长达一周的休假申请。

而且，除了正式向公司提交的单据以外，他还伪造了一份“国外出差两周”的假出差申请书，这一份是“提交”给妻子

---

* **免费去现场观看比赛**：例如每年4月在美国佐治亚州举行的职业高尔夫大师赛，其会场之一奥古斯塔国家高尔夫俱乐部的观赛旅行，以及夏威夷高尔夫索尼公开赛的观赛旅行，都曾经是电视台的谢礼。

用的。

公司批准了飞松一周工作出差和一周休假的申请，他的妻子也丝毫没有怀疑地把即将“国外出差两周”的丈夫送上了飞机。

不过令人在意的是，在飞松申请休假的同一时间，业务部行政科的一名女派遣员工*也申请了休假。

世界杯如期盛大开幕，由于这届世界杯是日本首次参赛，国民对足球的关注度之高堪称史无前例。

这天，我正在电视上观看强队之间的精彩较量。不承想，令人惊讶的一幕出现了。

摄像机捕捉到的是两个耳鬓厮磨、一边接吻一边观看比赛的日本人。没错，就是飞松和行政科的女派遣员工。对当地电视台的摄影记者来说，这和谐的景象最适合拿来做激烈比赛中的小点心了。

虽然只有短短的几秒钟，但这一幕深深地印刻在了我的脑海中。那一幕可远比足球比赛更让我兴奋。

“哦吼，这是怎么回事呢……”这么想着，我在心里暗暗发笑。我对此刻邪恶的自己感到害怕。

---

* **行政科的一名女派遣员工**：在我看来，当时电通在录用女派遣员工时有两个标准，九成看“脸”，一成看“头脑”。我还听说，很多女派遣员工为了找到“金龟婿”，会辗转于电通、博报堂和ADK之间。有一个后辈就是和女派遣员工“奉子成婚”的。现在两个人已经结婚二十年了，生了三个孩子，过得非常幸福。

这可是全国瞩目的世界杯啊，我想，除了我之外，想必很多电通同事也都看到了那一幕。现在还不知道这件事的，大概只有两位还在比赛现场的当事人了。

一周之后，两个人顺利返回了日本。不过他们并不知道，自己究竟给电通业务部造成了多么大的轰动。

也不知消息是如何走漏的，事情的原委最后好像还是传到了飞松妻子的耳朵里。“听说了吗？飞松的夫人听到之后当场大发雷霆……”类似的传闻在公司里传得沸沸扬扬。

一个月后，飞松的婚姻生活宣告终结。飞松的前妻可是大资本家的千金，是他亲手葬送了自己的豪门生活。

再来看女派遣员工这边，还没等派遣合同到期，她就从电通离开了。也不知道是被公司辞退，还是本人主动辞职。

不过飞松并没有受到公司的任何处分，他还是和以前一样照常上班。

飞松离婚的消息传开后没几天，他又恢复了往日的活泼开朗。领导们也是一如既往地宠爱着他们宝贝的飞松，就像什么事都没发生过一样。

每次看到飞松，我都很纳闷，落得这副下场他难道就不难过吗？他有后悔过吗？

不过从他那明朗的笑容中，我确实看不到一丝阴霾。哦，对后辈的冷酷无情也是一如既往。

后来，飞松再婚了，和新妻子也顺利生了孩子。事业上也是一帆风顺，最后居然升到了业务部总监*。

好像只有女性为出轨付出了代价。这个世界可真是不公平啊。

---

* **升到了业务部总监**：我个人认为，越是优秀的业务员，就越会对客户阳奉阴违。虽然一开始会不惜向客户下跪，但随着时间的流逝，当客户对某个广告媒体形成依赖时，广告公司的业务员就再也不会向他们下跪了。广告公司的业务员并不是仅靠忠于客户就能出人头地的，同样，只是忠于媒体也未必可以飞黄腾达（虽然这话从我这个未能出人头地的人口中说出来有些奇怪）。

某月某日

电子商务的枭雄：

你究竟是谁的代理人？

打开电视机，各种电视购物节目百花齐放。对上了一定年纪的朋友来说，这在三十年前绝对是无法想象的光景。

随着网络的普及，电子商务的入行门槛越来越低，只要投入一定的资本，几个月后就可以拥有自己的电商节目。尤其是电视购物节目，非常容易制作。制作一档电视购物节目大致可以分为这几步：买下电视台深夜或早间的时段，准备好商品，邀请明星出演嘉宾，最后再加上下面这几句吆喝，就大功告成了：

“不会吧！”“好便宜！”“难以置信！”“好想买！”

说起日本电子商务的先驱，当然要数如今电商界的巨头J公司*。

---

* **J公司：**J公司只做电子商务业务，没有自营的实体店铺，因此无须承担土地、房屋和店员等成本，而且他们拥有自己的物流。截至2022年，该公司的销售额累计达到2487亿日元。如今，J公司已开始涉足职业体育俱乐部的运营和长崎地方重建业务。

J公司因其个性独特的创始人宝田社长*而被世人所熟知。

宝田社长曾在九州地区经营一家相机店，有一天，他应邀去参加当地广播电台的节目。节目里，他用独特的高亢嗓音介绍了一款摄像机。

“就用这台摄像机，把您孙子可爱的笑脸永久地记录下来吧！”

马上，摄像机的订购电话打爆了宝田社长的相机店。宝田社长从中受到启发，由此正式开始了电台购物的新事业。

从九州地区的电台到全国各县的地方电台，接着又到各地电视台，宝田社长的电子商务做得风生水起，业绩持续稳步增长。不过这时，宝田社长却感到公司业务进入了瓶颈，因为无论怎么努力，他的购物节目都无法进入东京的电台和电视平台。

过去，东京的核心电视台和广播电台都不允许播放购物类节目。因为他们认为，购物节目是一种低俗不入流的节目，不适合播出。

一筹莫展的宝田社长找到了客户兼好友井出先生，井出先

---

* **宝田社长**：最初，宝田社长以商誉分割的形式从父亲那里拿到资金，成立了一家股份有限公司，最开始经营的是一家相机店。他是个很有经济头脑的人，后来听他说，创业之初，只要听说当地有新兴宗教的研修会，他就会去现场拍摄。然后把熬夜冲洗出来的照片，卖给第二天要回去的人，靠这个赚了不少钱。

生是大型家电公司的社长。转而，井出社长便把这件事委托*给了电通，试图找到解决之道。

某天，我被业务部的领导叫了过去。

“福永啊，你来处理一下J公司的委托吧，S公司（家电公司）那边正式提需求了。”

领导不耐烦地说道。

“井出社长找到我了，真是没办法。算了，就拜托你了啊。”

对公司来说，J公司的案子似乎并没有那么重要，或者说更像是被别人强行塞过来的累赘。总之，我突然就变成了J公司攻克东京核心电视台的先头兵。

我思忖着，决定把目标率先锁定东京地区的广播电台。为什么这么做呢？原因有两点：一是电台的门槛不会像核心电视台那么高，比较容易拿下；二是有了与电台合作的成绩，将来在和电视台谈合作的时候可以增加说服力。果不其然，“电通”的名号很好用，J公司顺利在东京的电台开始了广播购物节目。转眼间，J公司便成了该电台每年数亿日元级别的大赞助商。

好了，接下来轮到电视台了。这次，我首先选择了东京电视台为进攻对象，因为相比日本电视台、TBS（东京广播公司）和富士电视台，东京电视台会更容易入手一些。

---

* **委托**：其实，井出社长一开始把J公司购物节目的开发工作，交给了自家做广告代理的一家子公司。结果那边进展并不顺利，这才委托给了电通。

我先是通过电通电视部的同事与东京电视台方面交涉了几次，对方提出了如下条件：

“播出时间为每周五的深夜时段，每次15分钟。播出内容需要提前审核，视频素材需要在播出日的至少一周前提交。”

“提前审核”是指，东京电视台会事先对即将播出的内容（商品介绍等）进行检查（审查），经过批准后方可播出，而且内容资料要在播出一周前提交。然而，东京电视台提出的审查制度，对J公司来说简直是一种屈辱。

话虽如此，我也只能把东京电视台提出的条件如实转达给宝田社长。果不其然，他听完之后，脸色马上变得难看起来。

“真是滑天下之大稽！J公司一路走到今天，在地方电视台一次播出事故都没有发生过。他们提的条件未免也太过分了吧？”

宝田社长声音颤抖地说道。虽然他在电台里的高亢嗓音很有特点，但在日常生活中，他说话的声音还是很沉稳的。

J公司的购物节目均由自己独立制作而成，他们拥有自己的演播室*，还通过卫星线路，在全国铺设了自己的有线电视传送网络。宝田社长非常看重现场直播，因为世界上几乎每天都

---

* **自己的演播室**：J公司的演播室设备之全面，令某位曾来此实地参观过的电视台相关人员都不禁咂舌感叹。比起简陋的地方电视台，J公司的数字电视演播室可以说相当气派。

会有新的产品问世，家电城的价格也随时都在变化，在他看来，家电产品是有生命的。而现场直播能够根据当时的情况随机应变，对于销售“有生命”的东西乃不二之选。

“我真的很想用直播的形式来播节目。”

我把宝田社长的诉求带到了东京电视台。然而，东京电视台方面还是没能满足他的愿望。双方僵持不下，而节目开播的日子也在一天天逼近。

在电通的努力说和下，最终双方各让一步，以下述条件达成了合作：

“目前先采用录播的形式播出节目，播出素材由J公司自行准备。如录播表现良好，半年之后可考虑直播。”

可当节目真正开播之后，东京电视台确实差评不断。

“措辞过于夸张了”“这句话没有事实依据”“从上次播出开始，产品价格就已经下降了，这一点要插进去”，甚至是“这个产品价格定得太低了”，等等。对此，J公司也是敢怒不敢言，只能按照电视台的指示行事。

有一天，我因工作来到了J公司位于九州的演播室。当时那里正在录制购物节目，只见宝田社长用他一如既往高亢的嗓音介绍着产品。录制结束后，宝田社长在演播室内向我招了招手。

“福永啊，你说你们这些广告代理，究竟是谁的代理人呢？”

我不解其意，于是反问道："不好意思，您指的是什么呢？"

"我的意思是，身为电通员工的你，究竟是作为电视台方的代理人在工作呢，还是作为我方的代理人在工作？"

宝田社长的话对我来说犹如当头棒喝。是啊，我究竟是谁的代理人呢？

广告公司的业务员会对企业说"您就是上帝"，在面对媒体时，又会说"我们是您的伙伴"，为了完成工作，可以随时转变身份。久经沙场的宝田社长似乎看穿了这一点，而且他的心中早已有了自己的判断。之后，宝田社长没有再说什么。

虽然开头并不顺利，但随着节目的播出，J公司、东京电视台以及代理人电通之间，也逐渐建立起了稳定的信赖关系。终于在半年后，东京电视台按照当初的约定兑现了自己的承诺，宝田社长做现场直播的愿望实现了。

现场直播开始后不久的一天，东京电视台*业务部的古河部长找到了我，而一个全新的业务模式也即将由此诞生。古河说道：

"J公司不是正在我们台的深夜档做购物节目吗？我想把节

---

* **东京电视台**：不知道是不是因为东京电视台被视作低级别的民营电视台，长期遭受大家鄙视，反正在我看来，和傲慢、强势的富士电视台相比，东京电视台的工作人员态度都还蛮谦卑的。而且东京电视台还会配合客户在自己台里做一些免费的推广，我找他们帮了很多忙。

目的播出时间改到工作日的上午。”

因为在当时，购物节目一般都是在深夜播出的，所以听到他的提议后，我感到非常不可思议。

“是这样的，从4月开始，我们将在工作日的上午新增一档综合类生活节目，这也是我台史上第一次做这种类型的节目。从三个月前我们就已经开始拉赞助了，可到现在，一家合作都还没谈成。所以，我们决定把电视购物搬到新节目里面来。”

我想，应该是各企业赞助商并不认为东京电视台的生活节目能够赢过其他电视台，所以才没有积极在这里投放广告。即便如此，在生活节目里做电视购物，这也绝对是史无前例的。

“这也是没有办法的办法了。周一到周四，每天上午30分钟，条件是每个月收取×千万的赞助费，能谈下来吗？”

古河部长讲的时候我就在想，宝田社长应该不会拒绝这个方案。首先，宝田社长对自己的产品非常有信心，只要答应古河部长的提议，便可以在工作日的上午触达整个首都圈，也就是日本最大的购买群体。

我迅速赶往J公司总部，向宝田社长提议了这个合作方案。

“我同意。不过我有个条件。”

宝田社长的条件是，让S公司旗下的广告公司也加入合作，由其来做J公司和电通之间的代理，并从中收取代理费。因为S公司的井出社长曾经帮过宝田社长，所以，这个条件其实是宝田社长在向井出社长还人情。不得不说，这可真像是宝田社长这般重情重义之人会提的条件啊。

我马上给电通业务部的领导打电话汇报了这件事，征得了他们的同意。

不久，关东地区核心电视台，史上第一个在工作日上午播出的购物节目诞生了。攻下首都圈的J公司如虎添翼，其销售额也是一路上涨。水涨船高，仅是电视和广播两个渠道，J公司每年给电通带来的盈利已突破40亿日元。

宝田社长成功赢得了这场豪赌，同时他也开创了一个新的时代。今天，已经不存在没有购物节目的核心电视台了。

某月某日

穷人家的孩子：想进广告公司工作的理由

每当想起自己的童年，我的脑海里就会浮现出电影《泥之河》（泥の河，1981）中的场景。电影改编自宫本辉的同名小说，主人公是两名少年。其中一个少年家里是开乌冬面馆的，少年和父母平时的生活起居也在店里，距离乌冬面馆不远处有一条混浊的大河，这和我的童年简直如出一辙。

我出生在一个多雪的农村，父母*经营着一家生活用品商店。店铺兼日常生活的房子是租来的，一共有两间，其中一间约7平方米大小，另一间约10平方米。我家旁边也有一条河，附近的人们会在小河里洗菜、洗衣服。因为租的房子里没有浴室，天冷的时候一家人就去附近的澡堂洗澡，每隔三天去一次；夏天的时候会用澡盆在自己家里洗。总之，当时的生活非常贫穷。从小我就知道，自己家比别人家都要穷。然而就是“我是

---

* **父母**：父母两人在中学毕业后就被家里送去当学徒了。当时的生活用品店主要经营电灯泡等各种消耗品，主要依靠当地的邮局和市政府照顾生意。

穷人家的孩子”这种过剩的自我意识，成了我一辈子都挥之不去的阴影。

一家人都特别踏实能干，为了能存下钱，父母拼命工作，节衣缩食。终于在我小学高年级的时候，我们家在出租房的隔壁建了一栋两层的小楼房。

从老家的高中毕业后，我考进了东京的一所公立大学。当时，父亲希望我能在老家读大学。呵呵，我才不想留在农村读大学。那种一到冬天就会被大雪封住的乡下，我是一刻都不想多停留。

来到东京后，我在一栋楼龄四十年的木结构公寓里租了一间房子。公寓里不能洗澡，厕所是公共的老式蹲便器*，窗户也会漏风。我不指望父母给我寄来生活费，大学时的开销都是我靠助学贷款**和奖学金应付的。

大学期间，我参加了学校的游泳社团，那时的我几乎每天都泡在泳池里。到了大学二年级，我在隶属外务省外部团体的某财团找了一份兼职。

该公司的主要业务是，从商界募集资金，然后利用这些资金向海外推广日本的文化和社会新闻。公司事务部的负责人冈

---

* **老式蹲便器**：虽然是蹲便，但好在是抽水式的。幸好不是我老家的那种旱厕，感动。

** **助学贷款**：大学毕业后，我用了十几年时间才把当年的助学贷款还清。不过，如果没有这些贷款和奖学金，我可能都没办法读完大学。

留先生，在政商界有着丰富的人脉资源，自己还经营着一家小广告公司。耳濡目染，我逐渐被广告业的生命力所吸引。

于是，毕业后去广告公司工作，便成了我当时的人生目标。很多同学刚升入大四就开始找工作，而我比他们晚了不少，眼看着其他同学陆陆续续找到工作，我也不免开始着急。还好不久后，我拿到了电通的内定*。

我把被电通录用的事告诉了冈留先生，他得知后，认真地对我说：

“千万不要把自己个人的能力和电通的品牌能力搞混了。”

不会的，这种话不用说我也懂，当时的我十分笃定地想着。然而，越是重要的忠告，却越是在该想起的时候忘却。当我明白这个道理的时候，已经是很久以后的事了。

---

* **电通的内定**：我没有给博报堂等其他广告公司投简历，因为电通的内定通知来得实在是太快了。在电通的第一次面试结束后，我便去参加了游泳社团的夏季集训（进入大学四年级后，之前的团员都陆续退团了，当时参加集训的大四学生只有我一个）。一天，集训住的旅馆接到了一通打给我的电话，我拿起听筒，对方说：“我是电通人事部，今天打电话来是想通知福永先生，我公司已确定要录用你了。”不过，电通为什么会录用毫无人脉的我，至今都是个未解之谜。

第二章

电通职员的成长之路

某月某日

内定员工迎新宴：

“喂，要不要跟我一起来？”

这年的10月1日，电通在某酒店为内定新员工举行了迎新仪式。仪式结束后，新员工直接移步去酒店的宴会厅参加迎新宴。就像我在本书的开头提到的那样，被电通内定*的大学生们普遍很亢奋。新员工围坐在一张圆桌前，初次相识的我们先简单做了自我介绍。

“我是清宫，毕业于东京大学经济系。”

“我是鸭志田，毕业于御茶水女子大学。大学时做过活动向导的兼职。”

“我是下柳，毕业于庆应义塾大学。”

大家几乎都是名校出身，受当时的气氛所迫，我甚至都没敢提自己的毕业院校。

---

* **被电通内定**：当时，电通的招聘面试以各种匪夷所思的问题而闻名。我的同事中，有人被问“在你最近看的电影里，哪部最让你感动？”或者“你如何看待斯坦利·库布里克？”，甚至还有人被问“你最近一次做爱是什么时候？”我记得自己当时被问的问题是“你正在读什么书？”我都想不起来自己是怎么回答的了。

不过因为都是同龄人，没一会儿大家便打成了一片。

“人家最初是想做播音员的，但是几家核心电视台的面试都没有通过。没有办法，只能来电通了。”

“我从幼儿园开始就是庆应义塾，真的不想再读庆应了。”

餐桌上的气氛十分融洽，大家聊得非常开心。

“不过我说啊，我是真的没有任何后门和关系，莫名其妙就被录用了。”

我这么一说，现场的气氛瞬间凝固了。

后来我才知道，当时坐在那张桌子前的人，除了我以外，几乎都是通过某种关系进来的。

电脑公司总裁的侄子、著名百货公司广告部高管的儿子、报社高管的儿子、电视台著名制片人的儿子、大型出版社著名杂志主编的儿子、众议院议员的儿子……各种五花八门的关系*。

“喂，要不要跟我一起来？我把女孩们叫到一会儿要去的酒店房间里。”

在迎新宴即将结束的时候，身材高大的本关玩笑般地对在场的几名新员工说道，当时大家都有些醉了。

本关是大型电器制造商N公司老总的儿子，包括我在内，

---

* **五花八门的关系**：在我刚进公司的时候，电通录用了很多大专毕业的女性。她们都是所谓的千金大小姐，无一例外都是靠关系进公司的。几年后，电通开始减少对大专毕业生的录用，直至减为零，同时相应增加了对四年制大学毕业生的录用人数。

在场的所有人都清楚他的身份。毫无疑问，本关也是靠着“强有力的关系”进入电通的。

本关订了东京都内高级酒店的套房，搞清楚状况后，几个新员工面面相觑，最后点头答应了本关的邀约。大家都是二十出头的年纪，好奇心正盛，于是，一行人跟随本关来到了酒店的套房。

在房间待了大概半小时后，一阵敲门声传来。三名化着浓妆、身着超短裙的女性，出现在还处于半醉状态的我们眼前。本关老练地跟她们打着招呼，笑容满面地把她们迎进了房间。马上，一股刺鼻的香水味冲进了我的鼻腔。

“抱歉，我突然有点儿急事。我先回去了，不好意思。”

我一边说着，一边冲出了房间，逃也似的一路跑回了家。本关醉心于和那些女性说话，或许他根本就没有注意到我的离开。

其实，那个时候我还是处男。那些女性的行为举止，与我在电影里看到的“欧洲妓女”毫无二致。虽然我不知道那个房间里接下来会发生些什么，不过，如果万一在那种地方丢了自己的贞操，就太可怕了。

至于剩下的那几个新员工和她们发生了什么，我还是不要多问了。

这就是电通吗？我感觉自己似乎已经踏进了成年人的世界。

某月某日

新员工培训：

News Station 的幕后故事

开始工作后，我搬进了公司的单身宿舍。早上六点钟，床边的闹钟准时响起。去宿舍的公共浴室冲个澡，再穿上新买的便宜西装，我就出发去公司*了。这年4月，电通的“新员工培训”正式开始了。

今天的集合地点在筑地附近的一栋出租大楼**，按照规定，新员工必须在九点之前去会议室等候。不久，培训组的领导带着讲师进来了。

新员工培训通常分组进行，大约每十个人为一组，由入职

---

* **出发去公司**：和我同期进公司的同事里面有一个奇怪的家伙（后来，日清杯面在俄罗斯联盟号宇宙飞船中拍摄的广告就是这个人策划的）。培训期间，我都是坐他的萨博汽车去公司。虽然电通禁止员工开车上下班，但不知为何，他却可以堂而皇之地把车停进筑地总公司的停车场。几年后，他与制片公司的女员工结婚了。非常夸张的是，他在婚礼时穿的是自己梦想中的宇航服。不过，没过多久两个人就离婚了。真是个雷厉风行的男人，从各种意义上来说都是。

** **筑地附近的一栋出租大楼**：当时，由于电通的急剧扩张和人员增加，原来的办公楼逐渐变得不够用了。因此，电通在筑地总公司附近单独租赁了很多办公场地。

十年左右的中坚员工担任组长，入职五年左右的年轻员工担任副组长，两个人共同负责新员工的教育工作。培训内容中，约有一半是公司准备的讲座，或是制作企划资料的模拟训练；另一半内容则由组长和副组长自行设计。这种模式也是电通的传统培训模式。

培训内容风格独特，从广告文案撰稿人、设计师、活动策划人，到电视、报纸等媒体的负责人，再到业务员等，各个岗位的代表立足于自己擅长的领域，和新员工们分享自己的经验。例如，邀请当红广告文案撰稿人，讲述广告制作的幕后故事；由人气女主播讲述人气节目的幕后故事等，形式多样、别出心裁*。

公司还会给各组发放一笔用于新员工培训的经费，具体用途由各组组长全权负责。除此之外，各组长所属部门的大领导，也会单独给培训组发放红包。对几周前还是学生的我来说，培训期的午餐便当那是相当豪华，晚餐更是天天不重样。每天晚饭过后**，是载歌载舞的酒局。这样的生活持续了好几周。

---

* **形式多样、别出心裁：**有一天，培训讲师是一位大学教授。他在讲座的最后说道："我在很多地方做过演讲。不过今天，是我迄今为止得到酬劳最高的一次。"

** **晚饭过后：**每天下午五点半，工作的培训结束，夜场的培训准时开始。我们有时会去银座的员工俱乐部，有时会去新桥和筑地的居酒屋，有时会去意大利餐厅。某个周五的晚上，在组长的命令下，我们被召集到赤坂一家高级酒店的套房。宴会刚刚布置完毕，此时房间的门铃响了。来者是十名女性，据说是副组长在前几天的联谊上认识的。宴会结束后，她们之中有三人说："今晚我要住在这里。"于是我们把床让给了她们，自己在沙发上睡。没过一会儿，房间里几处裹着床单的人影，悄悄地蠕动了起来。

当然，我们也不是每天都玩。培训期间有一场讲座，令我印象十分深刻。

那一天，我们组长请来了两位讲师，一位是朝日电视台的制作人，另一位是电通电视部的某一部长。

“今天我们请来了朝日电视台制作部的鬼头先生和电通电视部的坪井部长。有请二位为我们分享朝日电视台的王牌节目*News Station*的幕后故事。”

听完组长的介绍，新员工立刻躁动了起来。

几年前开播的*News Station*，是一档由久米宏主播主持的新闻报道节目。因其辛辣的点评大受观众喜爱，节目很快便创下了朝日电视台史上的最高收视率。当时，在晚十点档播出新闻节目，可以说是史无前例的。但民营电视台这次勇敢的尝试，一举取得成功。没想到，此刻竟能从主创人员口中听到节目的创作故事，真是让人又惊又喜。这让在此之前只是一名普通节目观众的我，突然有了一种跻身“业界人士”行列的奇妙感觉。

“没错，*News Station*就是我们一手打造的。”

坪井部长悠然说道。莫非电通连人气电视节目都能做出来吗？这令我十分震惊。接着，鬼头先生说：

“最初，我们计划在黄金时段做一档具有综艺效果的特色新闻节目。可是因为没有先例，所以提案迟迟得不到制片的同意。于是，我找到了坪井部长，希望他可以帮我一把。”

坪井部长扫视了一眼在座的新员工，扬扬得意地说道：

“在广告销售方面，电通承诺会提供全面的支持。电通保证，在*News Station*的播出时段，从节目开播之日起一年之内，节目每个月的播出费（信号费和制作费）一定准时到账。”

“我和坪井先生一起去找了我们的制片部总监，告诉他电通可以提供一切保证，最后总监只能点头同意。毕竟谁会对这么诱人的条件不动心呢。”

这时，一名新员工举手示意要发言。

“我想知道，对电通来说做出这样的承诺有什么好处？”

坪井部长解释道：

“首先，我们料到新节目一定会成功。而且电通提出了一个合作条件，那就是节目的冠名广告位，以及朝日电视台和所有分台的插播广告位*，全都要由电通独家代理销售。”

原来*News Station*是由电通主导**，朝日电视台和制作公司联

---

* **广告位**：广告可以分为“冠名广告”和“插播广告”等。“冠名广告”是指将某个特定的节目冠以某赞助商的名字，以达到宣传的目的。而选择“插播广告”的企业，则可以灵活地决定广告播放的时间和数量。“插播广告”给广告公司带来的佣金也更高。

** **由电通主导**：2004年3月26日，*News Station*迎来了它的最后一期。在节目即将结束时，主播久米宏向朝日电视台、赞助企业以及电通表达了感谢，他这样说道：“*News Station*马上就要结束了，在此，请允许我向广大观众和相关从业人员致以谢意。首先要感谢的是，为我们提供了这个平台的朝日电视台，还有广告代理电通，以及为节目提供了庞大的资金支持的赞助商……”

合制作的节目。对神圣的新闻节目*来说，这是有史以来第一次有广告公司和制作公司参与制作。而把节目放在晚十点档播出，更是前无古人。

后来，当我在电通工作了一段时间后才知道，*News Station*每月的广告费竟高达2500万~3000万日元，而且每家企业每周只有一天的广告时间。这档节目深受大企业的青睐，一旦抢到冠名广告位，很难被轻易替换。如果有新的赞助商想要取而代之，可能就得等到三年以后了。在我负责的客户中，有很多人也曾求我给他们争取*News Station*的广告位。

朝日电视台和各相关公司以及电通，都因这档节目成功地获得了前所未有的巨大利润。*News Station*开创了“节目承包”的先河。

除了*News Station*之外，电通还拥有其他节目的广告位独家代理权，例如奥运会、世界杯等。如果用行业术语来说，这个就叫体育经济和电视经济中的“连环耳光方案**”。

此刻站在我们面前的，是两个再普通不过的中年男人。原

---

* **神圣的新闻节目**：对民营电视台来说，将节目外包给外部制作公司的情况并不稀奇，但新闻节目除外。新闻节目在任何一家电视台都是非常神圣的，除极少数情况外，新闻节目从不外包。

** **连环耳光方案**：电通先从国际足联或其他机构处购得体育赛事（如世界杯足球赛）的转播权，然后再将其出售给电视台（正手耳光）。接着再将电视台播出节目时所产生的广告位全部买下，再将其卖给企业，从中赚取佣金（反手耳光）。这一“正”（出售转播权）一“反”（出售广告位），就是广告公司赚钱的门路。

来他们就是*News Station*之父啊。激动兴奋的情绪早已把我淹没，此刻，我彻底被电通的强大征服了。

某月某日

岗位任命：

好不容易才进了电通……

结束了为期一个月的培训，终于迎来了正式分配岗位的这一天。组长和副组长把新员工一行带到了公司大会议室。

在电通的新员工里，最受欢迎的岗位是创意部*的广告文案撰稿人和广告策划人，可以出入电视台的电视部，还有可以策划活动的销售推广（SP）部（旧称）的岗位次之。

而像人事部和行政部这种内勤工作，则无人问津，不过这也无可厚非。怀揣梦想来到电通，“如果要做内勤工作的话，我干吗非得来电通啊”，这大概是所有新员工内心的真实写照吧。

在培训时，我认识了几个关系比较要好的同事。其中一个在拿到任命书后，肩膀立刻耷拉了下来。他抖动着手里的任命书抱怨道：

---

* **创意部**：和电视台选拔播音员一样，电通也有自己的创意育成班。电通首先会从大学选拔一批学生进入育成班学习，然后再与其中才华突出的学员提前签订劳动合同。等他们大学毕业后，便将其直接编入公司的创意部。否则一个初出茅庐的新员工，很少上来就被分配到创意部。

“福永，我好不容易进了电通，现在却被分到了信息系统室。这是个做什么的部门啊？”

有的同事甚至发出悲鸣：“太残忍了！”*仔细一问才知道，原来他被安排到名古屋的中部分公司第一业务部了。当时有小道消息说，如果被安排到了中部分公司，将来一定会负责丰田汽车的业务，那就一辈子都别想回东京了。

过去，大学时的成绩单必须交给公司。擅长理科和逻辑思维的人会被分配到市场部**，负责策划市场战略；而那些有运动天赋、体力好的人，会被分配到SP部。

对了，当时我被分配去的部门是第十二业务部，一个我从没听说过的部门。

在我进公司的这一年，刚好碰上电通要在分配新员工方面进行一个全新的尝试，即给十五个业务部各分配两名新员工。而在此之前，新员工通常会先被分配到电视部、报纸部等媒体部门，或是市场部、SP部等内勤部门。经过两年左右的学习，掌握一定的工作经验后，才会被转到业务部做一线工作。这主要是考虑到新员工经验不足，想让他们先在不与客户直接接触

---

* **“太残忍了！”**：有个女同事被安排到了关西分公司的创意部，看到任命书后，她当场崩溃大哭。因为她男朋友当时在东京工作。

** **市场部**：市场部是负责为企业分析产品或服务的市场价值，同时为其制订合理的理念、目标定位、零售价格和消费者群的脑力部门。当企业想对消费者做问卷调查时，也是由该部门负责执行的。

的岗位熟悉工作。不过，在“导入OJT（on the job training，在工作中培训）制度”的呼声下*，从这一年起，包括我在内的三十名新员工，竟被直接分配到了业务部。

我心怀忐忑地来到第十二业务部，出来迎接我的人是茂木部长，他满脸的皱纹和锐利的眼神，看起来很像混黑社会的，给人一种压迫感。每个业务部下设多个分部，每个分部则以各分部部长的姓氏命名。如果部长叫田中，那该分部就叫“田中部”；如果部长叫佐佐木，该分部就叫“佐佐木部”。我们部长叫茂木，所以我们部就是“茂木部”。而且电通里没有“股长”“科长”这样的职位（各部门的“行政科”除外），“部长”是初级的管理职位。

其实，第十二业务部**是两年前新成立的一个业务部，成立目标是“开发电通尚未曾接触过的、新行业领域的客户”。虽然听起来颇有来头，但其实该业务部，是由前一年被行政部、人事部和财务部赶出来的人拼凑出来的。对于一个不知是橘是枳的新部门，其他部门怎么可能会提供什么优秀人才过来呢。

---

* **“导入OJT制度”的呼声下**：电通的人事制度和组织管理说得好听点儿是“灵活”，说得不好听就是“想一出是一出”。组织结构调整犹如家常便饭，组织名称也是时常变更。每当这种时候，大家就会揶揄人事部“还是工作太闲，又跑来给自己找存在感了”。

** **第十二业务部**：这个第十二业务部在成立后的第二年就解散了，原因是“开发新领域”的目标并没有实现。

黑社会成员一样的茂木部长安排了我邻座的八代前辈来指导我的工作。从电视部调来的八代前辈毕业于东京大学，曾是校柔道社团的一员。没想到身材魁梧的他，却是一个性格极其敏感的人。他在办公桌的左侧整整齐齐地放了五支削尖的铅笔，隔壁桌的我休想越过他的桌子一点点。就是这位八代前辈，即将对我展开残酷的锻炼。

某月某日

擦桌子：

办公室里的奇妙景象

新员工时期，我的一天是从打扫办公室卫生开始的。公司上午九点半上班，每天早上七点，我准时从单身宿舍出发，八点半到达公司。到办公室之后，我会先把每个工位上的烟灰缸清理干净，然后再把所有桌子擦一遍。

当时，办公室里的烟头和烟灰多到难以想象*。最后，当我把业务部入口处的报纸送到各个部门后，老员工们终于陆陆续续到公司了。而且，我必须在九点半之前做好万全的准备，以保证随时可以接电话。当有电话打进来时，新员工需要第一个冲过去接，这是规矩。接早上打来的电话，最重要的就是应对老员工的吩咐。

“那个，我去个地方，十一点到公司。”

---

* **烟头和烟灰多到难以想象**：前辈们当时究竟抽了多少烟呢？我现在想都不敢想，真的很恐怖。烟灰缸总是转眼间就满了，房间里到处弥漫着紫色的烟雾，很庆幸大家竟然都没死。

“是我。我上午休息半天。”

电话一个接一个地打进来，接完电话后，我会把每个前辈当天的安排和日程写到白板上。

第一天上班的时候，我问一位说要去别处、晚到公司的前辈：“请问您要去哪里呢？”结果当场被他骂：“肯定是要去见客户啊！”

而前辈们的“客户”多半是醒酒的床和提供好咖啡的咖啡店。

上午十一点过后，我和来到公司的前辈们以分部为单位，离开办公室，来到公司附近的咖啡店*，在那里一边喝咖啡，一边向茂木部长汇报工作。这时的交流非常重要，因为它将直接关系到当天的工作内容，有时大家甚至会在咖啡店里待到接近中午。这就是所谓的“部门晨会”。

“上周在招待客户打高尔夫球时，那边的宣传部科长打出了一杆进洞。”

“那赶紧安排个奖品送过去吧，去财务领十万日元交际应酬费。”

“X公司宣传部董事的妻子说想去看宝家歌剧。”

---

* **附近的咖啡店**：因为办公室比较狭小，会议室也不够用，大家只能另寻场地。加上当时大家都没有手机，所以只要待在咖啡店里，就不会听到客户和领导烦人的联络。

“没问题，我去托关西分部负责阪急业务的部长给我们搞门票。”

“Q公司宣传部职员的母亲昨天去世了。”

“啊？！怎么不早点儿说啊！马上开始为葬礼做一切筹备*。跟殡仪馆那边也联系下，说仪式全部由电通负责。这可不是偷懒的时候。”

“说到这个，听说Y公司宣传部部长的爱猫死了。”

“哦……之前我们去他家做手擀面的时候，是不是拍过那只猫的照片来着？你把那张照片用相框裱起来给主人送去吧。”

“上周五，Z公司的常务在公司电梯里大便了。”

“唉，那个人之前都不喝酒的，但自从迷上新桥酒吧的老板娘之后，就开始酗酒了，最后都跟老婆离婚了。真是厄运连连啊。”

…………

快到中午时，大家终于回到工位。“总算是从宿醉中醒过来了。”说完这句话，前辈们开始纷纷前往筑地场外市场的餐馆吃午饭。等再回到公司的时候，已经是下午一点多了。初来乍到的我非常好奇，这些人到底是什么时候、如何完成工作的？

---

* **为葬礼做一切筹备**：客户和媒体相关人士的葬礼通常由电通一手操办。举办葬礼时，电通会安排几十名年轻员工到距离葬礼最近的车站，他们会提着灯笼负责将参加者引导到葬礼现场。从接待、管理奠仪、归还奠仪、组织会场，到提供羹饭和酒水，大事小情，无一不管。丧主完全无法忽视电通的存在。

那个时代，大家在公司里办公是没有电脑的，就连文字处理机都是几年之后才配上的，提供电脑则是更以后的事情了。新员工的工作之一，是在油印纸上誊抄项目策划书，即把前辈用铅笔写在草稿纸上的策划书誊写到油印纸上。

有时还需要制作手写发票，这也是新员工的职责所在。以前的发票都是用一式三联的复写专用纸手写的，工作量不容小觑。尤其是月底，每天晚上都要小心仔细地写上几百张发票。当时几乎每个月末前一天的晚上，我都要通宵写发票*。

在业务部的办公室里，还有一个非常奇妙的景象。当时，按键式电话早已开始普及，但业务部却还是只有黑色的拨号盘式电话。

不过，从被分配到这里的第一天起，我就明白了其中的缘由。白天，整个业务部里电话铃声和怒吼声此起彼伏。

“浑蛋！”

“开什么玩笑！”

“我现在就过去，你等着！”

结尾再用特别大的声音丢下一句“给我好好记着！”最后将手中的听筒重重地扣到电话机上。几乎每个老员工都会这样，

* **通宵写发票**：而这些在月底一口气写完的发票，前辈们根本连看都不看一眼，因为他们认为，发票这种东西根本就不可能会出错。然而到了第三天，问题就都找上门来了。有的是金额多了一位，有的是类目不正确，有时还会造成客户投诉。

好在老式电话比较结实，任凭他们怎么摔都不会坏。我想正是因为这个，他们才不舍得把这些黑色电话换掉吧。

职场如战场*。因为每天只能睡三四个小时，积攒的疲劳和困倦终日不得缓解，以至于在公司开会时，眼皮有时会忍不住打架。有一次，我不小心被领导看到在开会时犯困，他一把揪起我的领带并大声怒吼道："你小子是干什么吃的！"

还有一次，前辈在我誊抄在油印纸上的策划书里发现了错字和漏字，当场就对我破口大骂：

"你能不能好好干！明早之前，全部重新检查一遍，熬夜也得给我改完！"

说完，他便把刚刚油印好的一沓策划书朝我的脸丢了过来，

---

* **职场如战场**：要说电通最为知名的社训，那当数"魔鬼十则"。
一、工作应该由自己"创造"，而非等待别人安排；
二、面对工作要做到"积极主动"，而非被动完成；
三、致力于"大工作"，小的工作会让自己的眼界变得狭小；
四、挑战"困难的工作"，克服困难之时便是你的蜕变之日；
五、一旦开始就"不要放弃"，不达目的不轻言放弃；
六、做对周围有"影响力"的人，影响他人和被他人影响，经过时间的洗礼，二者将会产生天壤之别；
七、要有"计划"，有了长远的计划，毅力、智慧、正确的方向和希望就会随之而来；
八、要有"信心"，唯有充满信心，做事才会有魄力、有韧性、有深度；
九、头脑要"时刻运转"，眼观六路，耳听八方，一秒也不能松懈，这就是好的服务；
十、"不怕摩擦"，摩擦是进步之母，是动力的源泉，否则，你将变得卑微怯懦。
这十条法则原本被印在名为"Dennote"的员工手册上，后来由于受到最高法院对过劳死判决的影响，从某一年开始，便被从员工手册上删除了。

我的眼镜瞬间被打落在地。

新员工还要负责为老员工跑腿，代买咖啡、代买烟这些都是家常便饭，有的人甚至还会让我代买安全套。下面是之前某个老员工对我说过的原话：

“帮我去新桥买点狗粮，我在筑地和银座这边没找到宠物店。钱你先垫上，别忘了拿收据！”

某月某日

打车券：

前辈的工作技巧

之前简单提过一句，业务部负责指导我工作的是八代前辈，他毕业于东京大学法学专业，在校时是柔道社团的成员，三十岁出头，暂时还没有升上管理岗。这天下午四点，他把一沓文件扔给邻座的我，对我说：

“明早之前，把这个做好。”

当然，被他安排工作并不稀奇。只是当时间刚过下午五点半时，他又对我发话了：

“喂，走了！”

“啊，不好意思，我还有工作没做完。您这是要去哪里呢？”

“别问那么多了。走吧，工作等会儿再做。”

说完，八代前辈便带着我去了烤肉店。在烤肉店大快朵颐后，两个人一起打车来到了银座一家高级夜总会。银座的夜总会一般在凌晨十二点打烊，再之后则属于“赠送服务”。从夜总会出来之后，前辈带两名女公关来到了高级卡拉OK包厢，为女公关点了高级的中国菜，之后便是纵情欢唱。其间，前辈居然还会向女公关撒娇，和在公司时完全是两副嘴脸，真是令人大开眼界。

女公关的“赠送服务”一直持续到了凌晨四点，当时，天空已经微微泛白。在银座冷清的街道上，前辈递给两名女公关每人一张打车券，然后目送她们离去。接着转过头来对我说了一句“拿着”，随手便把打车券递给了我*。这天所有的花销，都是八代前辈用信用卡付的，而且问商家拿了收据。当时我非常不解，又没有客户在，他怎么可以如此随意地使用交际应酬费呢?

第二天早上九点半，我准时坐到了自己的工位上，而隔壁的八代前辈似乎早就到了。和宿醉的我比起来，前辈的精神状态好像还不错。

“福永，昨天交给你的工作做完了吗？”

“还没有，因为和您一起出去了……”

“你在搞什么。我不是跟你说让你等会儿再做吗？”

---

* **把打车券递给了我**：电通的打车券共有两种，一种是供业务部员工使用的“业务打车券”，另一种是用于创意制作和促销活动的“制作打车券”。两种打车券用不同的颜色区分，一眼就能看得出是哪一种。一些客户公司的员工看到电通员工用打车券打车后，甚至公然向我们索要打车券。不过我们也不会拒绝，毕竟，这些打车券说到底都是用客户的钱买的。

原来八代前辈之所以会给我打车券，是让我返回公司工作的啊，我终于懂了。

时间来到这天下午的五点半，八代前辈又从旁边探过头来对我说：

“喂，差不多该走了！”

某个周五的下午，八代前辈带我去客户那里谈广告方案。在会议即将结束时，对方的负责人向前辈询问道：

“差不多就先这样，那这次的策划书大概什么时候能做好呢？”

“下周一下午，保证让您看到。”

八代前辈的回答让我大吃一惊，因为这个工作量之庞大，就算是周六周日两天全都用上，也不一定能做完。

“八代哥，这样没问题吗？”我赶紧又提醒了他一下，然而他连看都没看我一眼，当场就和客户约好了下次的会面时间。没错，他们约的就是下周一的下午。

我还是不放心，于是在返程的出租车*上又问了一遍：“八代哥，下周一下午，时间真的来得及吗？”他胸有成竹地回答：

---

* **返程的出租车**：以前，电通的员工在去客户公司的时候，基本上都是打车来回。可能有时坐地铁会更方便，又或者距离近到连出租车的起步价都用不到，但大家依然会选择打车。如此铺张浪费，在当今社会简直无法想象。

“你回忆一下，我哪次不是说到做到？”

最后，策划书提前完成，八代前辈如期把策划书递到了客户手里。

那么，八代前辈究竟是如何在这么短的时间内把工作做完的呢？经过长期的观察和思考，我也慢慢学会了他的工作技巧。

八代前辈拥有一支由公司内外的优秀人才组成的工作团队，而且他可以随时向团队委派工作，所以，前辈的手头总是有五个左右项目同时进行。因为他会把工作分配给团队成员，而且会给予他们百分之一百的信任，让他们可以更负责、更高效地完成工作。

不过，想要组建自己的工作团队并非易事。因为，第一，你需要向团队提供稳定的工作订单（保证相应的收入来源）；第二，团队必须有一套成熟的应急预案，以应对突发性工作，不可以让成员说“我现在很忙，做不了”这样的话。而且为了“稳固团队”，即便在没有工作的月份，也必须给成员发放相应的报酬*。

八代前辈有一句口头禅：

---

* **发放相应的报酬**：在没有工作的月份，公司也会给内勤员工“设定”并发放与内部营业额数额相当的报酬。换句话说，这其实是在帮助他们完成工作定额。即使某些月份没有工作，八代前辈也会在营业额一栏计入数字。此时的“营业额”，实际上是通过虚开发票得来的。因为广告公司每个月向客户收取的佣金差别很大，在收入较多的月份，多收的部分会暂时保留，等到了没有收入（困难）的月份，业务部便会为内勤工作人员单独“设定”营业额。

“业务员不必事事冲到最前面，而是要做好统筹，要始终激励、信任你的团队，做到物尽其用，在短时间内交付令客户满意的成果。”

我不断反刍、琢磨前辈的话，尤其是那句“对人才要物尽其用，而非过度使用”。

八代前辈所要做的，只是制订目标和检查进度。目标是指，计划完成的内容和完成期限。

八代前辈一般都是口头安排工作*，因为制作书面文件太浪费时间。假设八代前辈给电通的两名员工（一名是设计调查问卷的研究员，另一名是活动的策划人）布置了一项任务，这两名员工在听完前辈的描述后，会先记上两行左右的笔记。只要确定了“目标”和“战略”，在他们眼里，就代表80%的工作已经完成了。

业务员要做的是设定工作目标，并为相关工作人员创造一个能够轻松工作的环境。一个业务员的统筹能力，将直接决定团队的工作积极性。

“取得客户的信任、赢得经费，与自己的团队共享工作目

---

* **口头安排工作**：在我年轻的时候，大多数工作安排都是口头进行的。例如：“下个季度，从10月起的三个月，*News Station* 的冠名广告每月收费2500万日元。”就算是这种金额巨大的商业合同，也是打个电话便能达成。不仅电通内部如此，电通与电视台之间也是同样。所以，那种“你说了”“我没说”式的争执也屡见不鲜。

标，然后为他们提供一个可以自由发挥能力的工作环境，业务员的工作仅此而已。不能从客户那里拿到充足经费的人，就无法赢得员工的信任。”

这便是我从八代前辈那里学到的工作技巧。

某月某日

夸张的薪水：

交际应酬费要这样用

今天，我们借助网络可以很简单地查到每种职业的薪资水平。根据网络上检索到的信息可知，大型商社的年收入要远远高于广告公司。不过，网络上的信息不一定全部准确。就我的个人经验而言，电通的薪资水平与大型商社相当，甚至更高。

记得我刚入职那会儿，基本工资是24万日元左右。但实际上，支撑电通员工高薪的并不是基本工资，而是奖金和加班费。

在我刚进公司的时候，如果是非管理岗的话，半年奖金能拿到将近五个月的基本工资。也就是说，每年除每个月的基本工资外，还能额外拿到约十个月基本工资份额的奖金。进公司那年的12月，我拿到了下半年的奖金。奖金到手后，我当场从中拿了100万日元寄给了父母。

父母收到后都惊呆了*。除去寄给父母的部分，我手里竟然还有约30万日元。

还有加班费，这个更是无上限。

加班费按照实际的工作时间计算，如今电通的加班费，与我刚进公司时是一样的。管理岗以下的员工，加班费约为每小时3000日元，差不多是东京最低时薪的三倍。如果加班时间在晚上十点之后，则需要在此基础上再乘以1.5，即每小时约4500日元。而且由于当时大多数普通员工每月加班最多可到100个小时，因此，大家那时每月的到手工资可以说相当可观（和过去相比，如今唯一发生变化的只有加班时长，因为现在电通的新员工几乎不加班了）。

我的感觉是，电通当时的薪资水平，与东京核心电视台的制作和策划，以及全国性报纸的记者几乎处于同一水平。

而在日本泡沫经济破灭后，这一薪资水平也并没有出现明显的下降。如果一年的加班时间超过800个小时，而且绩效评级也很高的话，那么即使不到晋升部长的年龄，也能够达到需要确定申告的级别（在日本，当工资年收入超过2000万日元时，需要进行确定申告）。

---

* **父母收到后都惊呆了**：外祖父听到我奖金的金额后不禁惊叹道："电通不愧是官民合办的单位，工钱就是高啊。"他老人家肯定是误以为我在"电电公社"（日本电信电话股份有限公司）上班了。

而且电通的出差补助*和住宿费补助也很高。即便某次出差没有展开实质性的工作，当天的出差补助也会照常发放。假设出差时住宿的酒店费用低于补助标准，那么差额部分就可以直接落入员工的腰包。

最后是交际应酬费。电通过去的交际应酬费简直高得惊人，或者可以说毫无节制。

当时和我一起负责卫星电视台S公司的土屋，花起应酬费来就毫不顾忌。土屋曰：

“客户永远是第一位。”

S公司有个从大型商社调来的年轻职员，这个人特别喜欢在夜场喝酒，于是土屋每天晚上都会邀请他去西麻布。他们先是在意大利餐厅吃饭，接着直奔夜总会。为什么不去银座的高级夜总会呢？因为西麻布的夜总会可以通宵营业，而银座的不可以。并且西麻布的陪酒小姐多是做兼职的女大学生，“她们更容易被带回家”（从大型商社调来的年轻职员曰）。大家一直玩到凌晨，最后才各自打车回家。对了，S公司职员打车时用的也是

---

* **出差补助**：如今，去大城市出差和去其他地区出差时，差旅费的补助标准是不同的。但在过去，对差旅费的管理相当宽松。有一次，有个工作需要我去札幌出差三天两夜。去程乘坐飞机，傍晚到达目的地，当天没有工作安排。第二天工作一天，当晚和工作相关人员吃饭，第三天早上返回东京。那次出差我拿到的差旅费包括：往返机票的费用，住宿费每晚12000日元、两晚共24000日元（与实际支付的住宿费金额无关，无须收据。如果实际住宿费低于补助标准，则差额部分直接发放给本人），出差补助每天6000日元，三天共18000日元。

电通的打车券。

客户公司的职员加上土屋和我，三个人一晚上大概要花费13万日元，频繁的时候，从周一到周五几乎每天晚上都会出去喝酒。周六是高尔夫球（不过因为打高尔夫球的费用只有部长级以上的人陪同时才能报销，所以我们当时花的钱是由大家自掏腰包均摊的）。

后来由于用于S公司的交际应酬费过高*，一位前辈终于忍不住劝告土屋："人脉要在白天培养。"

而当时还是新婚的我，经常会因为晚回家被妻子责备。

每当我在黎明时分回到家时，妻子都会从卧室出来。以前，不管我几点回家，只要妻子能听到，她就会从床上爬起来到客厅跟我说话。

"又是这个时间才回来，工作能不能别这么拼命呀？"

"怎么了？"

"我看你脸色不是太好。"

"哎呀没事，周末好好休息一下就好了。"

"可是，这个周末你不是周六周日连续两天都要去打高尔夫

---

* **交际应酬费过高**：我对土屋的业务手段持怀疑态度，这种毫无计划的交际应酬是不可能有效果的，大概他只是想用公司的钱供自己玩乐吧。然而，他的手段效果却非常显著。因为后来，电通成功拿下了险些被竞争对手抢走的S公司的订单。当时，我对土屋的业务能力尤为赞叹。然而不久后，我便发现了其中的玄机。因为在同一时间，我们部长在银座招待了S公司的宣传部长，我们业务部总监在招待S公司的董事夜钓。所以，电通能拿到S公司的订单根本就不值得惊奇。

球吗？再这样下去你身体会垮的。”

“不会的，你放心吧。我去睡会儿，一个小时后起床去上班。记得叫醒我。”

妻子虽然很担心我，但她没有对我的工作方式过问太多，或许因为我是电通职员吧。

普通人可能不太了解，在电通有一个叫“战略性特殊交际应酬费”的款项（至少到20世纪90年代都是存在的。我也是这个款项的受益人之一）。这项费用与是否可以带来销售业绩无关，单纯是用于战略性布局、维护潜在客户的特批款项。

我们部长是外资饮料生产商C公司的业务负责人，他也去找公司批了“战略性特殊交际应酬费”。

当时，C公司签的是全球性合同，其品牌和媒体业务全部委托给了麦肯艾瑞克森博报堂，就是博报堂与美国麦肯世界集团（McCANN-ERICKSON WORLDWIDE）在日本成立的合资公司。只有一款运动饮料的品牌推广业务，交由电通勉强维系*

---

* **勉强维系**：那是我做C公司运动饮料A品牌业务负责人时发生的事。A的竞争对手宝矿力水特每年在广告方面的投入为30亿日元，而A每年的广告费预算只有3亿日元。因为A是诞生于日本的本土品牌，C公司的亚特兰大总部对A并不看好。广告费投入少，销售额持续低迷，A就此陷入了恶性循环。这一年，亚运会即将在广岛举行。我偶然发现，这次活动还没有认证官方指定饮品。得知此事的我马上找到了C公司，“再这样下去，官方指定饮品的位置就要被宝矿力水特抢走了”。高压之下，C公司当场同意拿出5亿日元做赞助费。最终，A成功成为该届亚运会的官方指定饮料。

（而且在广告预算方面，更是比其竞争对手宝矿力水特落后了一大截）。

于是，为了促进和C公司的业务，我们部长向公司申请了每年300万日元的“战略性特殊交际应酬费”。

这笔款项的最终决策人是公司负责业务工作的董事。部长拿着申请书来到董事的办公室，深鞠一躬后对董事说：“请您批准！”而董事只是简单问了一句：“能做出成绩吧？”

部长回答“我会尽全力去做”，董事回应“好，没问题”，寥寥几句话便获批成功。还说必须有“战略”，没想到靠的竟是“一拍脑门儿”。然后又不知是何缘由，董事不紧不慢地拿起笔，在申请单的金额栏中数字“3”的左侧，反向又写了一个“3”。回到业务部后，部长眉飞色舞地向我们讲述了事情的始末。

就这样，每年800万日元的“战略性特殊交际应酬费”申请材料完成了，并由董事亲自盖章批准，条件是“一半的费用由我使用”。就在那一瞬间，我所在的业务部获得了每年400万日元的“战略性特殊交际应酬费”。

自从有了这笔费用，我便经常跟领导进出高级牛排餐厅。

我一边喝着红酒，一边大口吃着人均两万多日元的高级牛排，心中却充满了罪恶感。因为在座吃牛排的三个人没有别人，全是电通的职员，我们部长、一位前辈和我。而所谓的需要维护的C公司的人，根本连个影子都看不到。

某月某日

结婚：

“电通”这块好招牌

或许是一直泡在游泳池里的缘故，直到大学四年级的下学期，我仍在为毕业论文发愁，甚至连论文的主题都没定下。

虽然已经拿到了电通的内定，但如果因为写不出毕业论文而无法毕业的话，就要鸡飞蛋打了。心急如焚的我急匆匆来到了“八王子研讨学习室”，彼时，那里正在举办大学生学习营，大家会带着很多研究课题来一起研讨，我盘算着从别人那里偷师一个来做自己毕业论文的主题。和朋友一起来的妻子刚好也在那里。

本是来寻找论文主题的我，却对学习营中一个梳着当时最流行的“圣子发型”的女孩一见钟情。她是东京一所贵族女子大学的学生，不知怎的却让人感觉很亲切。在学习营里，我们只是简单说过一两句话。然而从那里回来后，我对她的思念却一天比一天浓烈。

刚好我手里有当时参加学习营的成员名单，上面记录着每个人的姓名及住址，但是没有具体的门牌号。我手里握着这份名单，一人蜷缩在七平方米大小的出租屋，在寒冷和苦闷中度过一天又一天，直到这年的年底。

眼看年关将至，这天我下定决心，去驹込银座商业街换了5000日元的零钱。后来，上衣和裤子口袋里塞满10日元硬币的我，郑重其事地来到了公用电话前。我已经打定主意，我会一直打电话，直到她出现。等她接了电话，我就约她出去*。当然，我不知道她会不会接到我的电话，也不确定她是否会接受我的约会邀请。但唯一可以确定的是，她的笑容已深深地印刻在了我的脑海里，怎么都忘不掉。

我打开黄色的电话簿，翻到世田谷区那一页，只要看到与她同姓的人家，我就会打电话过去。

“喂，你好。我是福永，请问翔子小姐在吗？”

电话那头的回答简直是五花八门。

“啊？你谁啊？”“我们家没有女儿呢。”“什么啊？是恶作剧吗？”

在10日元硬币即将用完大约一半时——

“好的，我去叫她。请稍等。”

接着，通过听筒我隐约听到对方呼唤女儿过来的声音，我

---

* **约她出去**：尽管那时我还是处男，却性急得很。我不仅幻想着能和她约会，甚至还幻想能和她结婚。现在回想起来才意识到，这或许就是年轻吧。

的心跳瞬间加快。终于，让我魂牵梦萦的声音从电话那边传了过来。

我完全不记得那时自己在电话里说了些什么，不过我没有忘记和她的约会。我们相约在涩谷的109大厦前见面，那天，她如约而至。

在我正式入职电通的时候，她还是一名大三的学生。自由之丘一带是我们约会时最常去的地方，那里离我住的公寓也很近。虽说电通给的薪水还不错，但我那时还在偿还大学时的助学贷款，所以也没办法请她吃上一顿奢侈的大餐。不过，我们二人并不在意这些，彼此都很享受那段如画般的幸福时光。

时光流转，我们开始考虑将来结婚的问题。有一天，我们无意中谈到了理想中的家。我跟她讲了自己小时候的故事。我在乡下长大，家里条件不好，小时候去朋友家，在他家的大院子里玩蹦床的时候，年幼的我不禁感叹，世界上竟然有这么大的房子。

“不过，如果是和你一起住的话，我更喜欢像小坂晶子的《你》中说的那种小房子。”

听我说完，她害羞地点点头回应道：“真是不可思议，我和你想的一样！我也想和你住在温馨的小房子里。”

入职电通的第三年，我向她求婚了。

这天，我和她一起回老家问候双亲。准岳父小心翼翼地问我："我听说电通的工资很高啊。你现在年薪有多少啊？"

现在回想起来，不管是妻子还是妻子的父亲，他们当初之所以会看上我，可能是因为我身上有"电通"这个光环吧。后来我听说，妻子的父亲那时经常和别人吹嘘"我女儿正在和在电通上班的人交往，他们很快就要结婚了*"。

妻子在大学期间考取了教师资格证，大学毕业后在一所学校工作，但和我结婚后便辞职了。那一年，我28岁，妻子26岁。

* **很快就要结婚了**：很多电通同事的婚礼都是由著名播音员主持的，婚礼上播放的暖场视频则出自专业的制作公司，而且会有很多明星发来祝福视频……不过，我们只祈求婚礼可以顺利办成，并不想如此大张旗鼓。之前我听说，在一个电通男同事的婚礼上，一名前辈擅自爆料新郎的情史，说新郎曾与一名年长的有夫之妇有过婚外情。新娘的父母勃然大怒，当场从会场愤然离去。这件事令我印象尤为深刻，出于谨慎，我并没有请电通的前辈做婚礼演讲。然而在婚礼上，他们却自顾自地拿着话筒讲起话来。"福永他在业务部就是个万人嫌""福永总是吹嘘自己的工作能力""他之前还追求做兼职的女员工来着"……这些话纯属子虚乌有，他们这么说仅仅是为了博人一笑。果然，新娘的亲友听完后大发雷霆。不得已，我的父亲以一句"今天非常感谢诸位到场祝贺"，便仓促结束了这场混乱不堪的婚宴。

某月某日

蓝海：

J联赛的开幕

1993年5月15日，J联赛在川崎绿茵队与横滨水手队的对决中华丽开幕。殊不知，在这盛大的开幕式背后，一场广告公司之间的明争暗斗也已悄悄拉开帷幕。

J联赛在开幕之初，所有广告赞助相关的布局、销售及管理工作，均由博报堂代理。

不得不说，博报堂的变现能力实属出色。当时，J联赛两个阶段的比赛分别被命名为“三得利系列赛”和“日本信贩NICOS系列赛”，这里所使用的“冠名权”，其赞助费为每半年5亿日元。由于联赛的赞助工作由博报堂独家管理，所以凡是三得利和NICOS的竞争对手，均不会出现在比赛的电视转播中，因为这些企业早已被博报堂提前排除在外。也就是说，只要与J联赛有关，几乎任何媒体的赞助商都是由博报堂决定的。

最初，电通对足球职业化*并不看好，所以并没有下大力气钻研J联赛的业务，于是就被博报堂抢占了先机。

当时，就连太平洋联盟的职业棒球场都是一片冷清，其母公司不得不以广告费的名目单独拨款，帮助其维持生计。虽然足球在欧洲正在向职业化转变，但日本国内很多人认为，在以棒球为国球的日本，足球职业化根本不可能实现。至于职业足球联赛，电通则认为它“缺乏可行性，即使能够实现，可拿来变现的点也不多”。换句话说，电通低估了足球的商业化。

而博报堂在很早之前便开始做相关布局，为足球职业化的发展提供支持。“J联赛”这一名称最初就是由博报堂提出的，后来被就任联赛主席的川渊三郎采纳并使用。

看到J联赛势如破竹，曾认为它“不可能成功”的电通慌了。

博报堂一家独大的J联赛开幕前夕，我当时正在做大型外资饮料制造商C公司的业务。

有一次，电视上正在转播南美的足球比赛，我突然发现，选手们的球服上赫然印着C公司的logo（徽标），这引起了我的

---

* **足球职业化**：1965年，JSL（日本足球联赛）成立，JSL是全国性联赛，球员以业余选手为主。1968年，日本国家队在墨西哥奥运会上获得铜牌，JSL的人气随之大增。但由于此后国家队屡屡战败，使JSL的观众上座率也长期处于低迷状态。当然，JSL也曾试图挽回民众的关注度，例如：请釜本邦茂和明石家秋刀鱼制作裸体（背影或上半身）海报等，但效果都不尽如人意。1989年，川渊三郎在JFA（日本足球协会）内成立了“职业联赛研究委员会”，正式开始推动足球职业化的发展。

注意。经过调查得知，当时参加巴西联赛的五支球队，其号码布上的广告位均提供给了C公司。也就是说，C公司并没有和联赛合作，而是绕过组委会直接与各个球队签了赞助合同。

日本是否也可以做同样的事呢？一个大胆的想法在我的脑海中一闪而过。如果能让C公司的logo出现在读卖绿茵的球服上，这对C 公司来说无疑会是一则极具冲击力的广告。接着，我把自己的想法上报给了电通的上司。

上司听到后却说“这可不太好办啊”，任凭我怎么解释，上司还是无动于衷。

不死心的我来到了电通的体育部，我的旧相识林田前辈就在这个部门。

“福永，你还是太天真了。你想啊，J联赛的广告业务可都在博报堂手里呢，所以你的想法从根本上就不成立。”

没想到林田前辈也给我泼了一盆冷水。J联赛由博报堂一家独揽，这是不争的事实，然而电通的人也似乎并没有想要打破这种局面，至少我从他们的身上感受不到任何这方面的愿望和抱负。

随后，我又走访了三家外部的体育营销公司*，但他们给我

---

* **外部的体育营销公司**：体育营销公司共可分为两类，一类是以扩大体育运动本身的知名度、提高门票和商品销售等收益为目的的公司；另一类是将企业与体育运动相关联，以提高企业的知名度、改善品牌形象、提升销售额为目的的公司。IMG（国际管理集团）是世界上最有名的体育营销机构，这是一家管理授权许可的集团公司，目前已与世界诸多著名运动员签约，包括泰格·伍兹和玛丽亚·莎拉波娃等。日本也有很多体育营销公司，但其大部分职能已被广告公司取代。

的回答和电通没有什么两样。

于是，我决定打破常规。在去找读卖绿茵之前，我准备先从我的客户C公司下手。而为了说服C公司，我必须拿出有力的材料。

我手握秒表，一边看着录在录像带里的足球赛转播，一边测量球队球服上的C公司logo出现的时间。采用同样的方法，我又接连看了几场别的比赛，计算得到了logo的平均出场时间。接着，我把logo的平均出场时间、预估收视率，以及比赛播出时段收视率平均为1%时的广告投放成本，用当时还不能熟练操作的苹果电脑电子表格，计算得出了三者之乘积。

那么在相同的模式下，一年需要多少赞助费呢？4.5亿日元，这便是我推算出的答案。结合这个推算过程，我连夜制作了策划书，并全部翻译成英文。因为策划是否能通过，最终要由C公司的亚特兰大总部来决定。但为什么英文版策划书要由我来做呢？因为这样既能帮C公司日本分公司的负责人节约精力和时间，让他可以尽快把策划书递到亚特兰大总部，还可以把我对这件事的热情传达给他。

C公司的负责人看了一眼策划书，说：

“非常棒的提案。我马上拿给公司内部讨论。”

几天后，我收到了对方的答复。

“只要能得到联赛和球队等相关部门的同意，我们愿意提供赞助。而且亚特兰大总部看完策划书后，当场就批准了。期待你的好消息。”

就这样，我率先取得了C公司的“非正式同意”。对C公司来说，在尚未取得J联赛的同意之前，贸然回答是有风险的。为了不浪费C公司的心意，我得加油了。

接着，我找到了读卖绿茵队的母公司读卖新闻。不过这次，我并没有通过电通内部足球业务的相关部门联系。

我找的中间人是电通报纸部负责《读卖新闻》业务的服部队长。“队长”类似“科长”，在培养出了历任社长的报纸部，这个职位可以说举足轻重，而服部队长则是其中最受期待的一位，电通里能与渡边恒雄说得上话的，恐怕也只有他了*。不过，我和服部队长虽然此前在公司里有过几面之缘，但从未直接说过话。

我来到了报纸部的办公楼层，战战兢兢地向服部队长陈述了一遍我的计划。

“业务部的福永？足球？为什么要对我说这些呢？”

然后，我言辞恳切地向服部队长解释了前因后果，让他明白为什么我现在只能来求他。

---

* **只有他了**：听说服部队长的高尔夫球有着不亚于职业选手的水平，他曾声称“自从来到电通，我就再没用自己的钱打过高尔夫球”。由此可见，报社很有可能是通过招待其打高尔夫球的方式，来拉拢自己所看重的电通职员的。

“服部队长，接下来我说的话，希望您能帮我保密。其实这件事我已经取得C公司美国总部的同意了，虽然是带条件的。”

“你说什么？这件事你的直属领导清楚吗？”

“他还不知道。我计划等服部队长答应帮我后，再告诉他。”

我还跟他说，只要能在读卖绿茵队球服的正背两面印上C公司的logo，每年几亿日元的营业额都可以算给报纸部。

“你是说营业额可以算给报纸部？有点儿意思。那我们试试吧。”

整个计划，我对自己所在业务部只字未提。因为我已经确定，即便告诉他们，领导也不会帮我。而且知道这件事的人越多，消息走漏的风险越高。计划一旦泄露，博报堂必定会来干涉，而且电通内部肯定也不会对我置之不理。有鉴于此，我决定在绝对保密的状态下悄悄推进此事。并且我也特别期待看到，那些曾经小瞧我的人，在得知我把事情办成后脸上会露出怎样的表情。

然而虽说是绝对保密，但不知为何，事情还是传到了J联赛那里。这天，联赛事务局的负责人联系了我。

“听说你们在跟读卖新闻谈球服上商标的赞助合同。这种事不通过J联赛进行的话，会让我们不太好做啊。”

J联赛的负责人盛气凌人地说道。后来我才知道，消息之所以走漏，是因为读卖新闻有人觉得我的方案缺乏可信度，所以找联赛方面印证了虚实。

但显然，如果要通过J联赛的话，博报堂不会善罢甘休。于是，我随便应付了几句联赛方，同时继续和读卖新闻社谈合作。留给我的时间不多了，焦急令我坐立不安。

不过我依然拥有很大的胜算，因为彼时读卖新闻社与J联赛正处于对立状态，他们正考虑甩开彼此单独行动。而且从和J联赛的对话中我也隐约察觉到，他们并不想和读卖新闻把局面闹得太僵。

在联赛成立之初，J联赛便开始提倡“贴近地区”理念。而作为投资俱乐部的企业之一，读卖集团（特别是读卖新闻社当时的社长渡边恒雄）认为这一理念是“假大空”的，并对此采取正面抗议。联赛指出，球队应禁止企业冠名，而采用“所属城市（都道府县名或者市区町村名）+球队昵称”的方式命名。但从1992年到1993年，读卖集团旗下的媒体（《读卖新闻》、日本电视台、《体育报知》）仍继续以“读卖绿茵”称呼*其赞助的球队，以示对联赛方针的反对。

---

* **继续以“读卖绿茵”称呼**：为贯彻贴近地区的理念，J联赛努力削弱球队的企业色彩。而此时，读卖新闻社则正试图将读卖绿茵队打造成“足球界的读卖巨人队”，J联赛的主张刚好与其背道而驰。听说球队名称中不能出现“读卖”二字，读卖新闻社的社长渡边先生勃然大怒，并指责J联赛的主席川渊三郎是“独裁者”。后来，《体育报知》和日本电视台在称呼其他球队时，也一直使用带有企业名的名称，如“日产横滨水手”“松下大阪钢巴”“三菱浦和红钻”等。但不知为何，在1994赛季开始前，读卖新闻方面竟将其球队名称统一改为“川崎绿茵”。

而且J联赛的章程也鼓励球队积极变现，为独立运营球队而努力。只要读卖新闻社通过电通与C公司单独签了球服的赞助合同，那就变成了既定事实，届时J联赛和博报堂也无话可说。这些是我的解读，同时也是我的赌注。

目前，电通内部只有少部分人知道我的计划，但不包括我的直属上司。万一把事情搞砸了，我将来在公司很有可能会被孤立，届时业务部恐怕也将没有我的容身之所。

但我依然充满了信心，或者说是毫无根据的底气。在足球之乡南美和欧洲，号码布赞助早已屡见不鲜，但在日本，这还是一片尚未被涉足的蓝海。如果不抓住这个机会投身其中，我还有什么资格做广告公司的业务员呢?

某月某日

顺风张帆：

博报堂vs电通

距离我和服部队长谈话，又过去了三天。

这天，服部队长来到了我的工位。在那个年代，如果是业务员去报纸部找队长级别的领导，倒不足为奇；但如果是报纸部的领导反过来找业务员，那可真是少之又少了。更何况报纸部和业务部在不同的楼层，他特意大老远跑来找我，这就更加显得不寻常了。不过，当看到服部队长满脸笑容地朝我走来时，我瞬间就懂了。

“福永，成了。”

我喜不自胜。

“那么也就是说……”虽然我很清楚他说的是什么，但还是刻意问了一句。

“没错，老渡同意了。明天，《读卖新闻》早报的体育版*会

* **《读卖新闻》早报的体育版**：第二天，我迫不及待在车站买了一份《读卖新闻》。一边读着报道，一边心中涌起一股成就感。对手公司和冷漠的电通同事们会露出怎样的表情呢？这下有好戏看了。

把消息登出来。”

终于成功了!

读卖新闻社同意了在绿茵队的球服上添加C公司的logo，或许对他们来说，这次合作也象征着读卖集团在J联赛中的独一无二。

成功的喜悦让我们难以自持，我和服部队长紧紧地握住了对方的手。

合同约定，球队将在球服的正面和背面印刷C公司的logo，并在所有正式比赛中穿着该球服。同时，球队将C公司旗下某款运动饮料，指定为球队的官方饮品。除该款运动饮料外，读卖绿茵队还要在媒体上宣传C公司旗下包括可乐在内的其他品牌。合同为期三年，每年的费用为4.5亿日元，其中包括在广告中使用球员肖像的费用。

直到此刻，我才决定去找业务部总监和部长汇报此事。不能让他们通过明天的报纸知道事情的真相，这是最基本的礼仪。听完我的汇报后，总监和部长的脸上露出吃了苍蝇一般的表情，只是默默地点了点头。

一石激起千层浪，这样一个大合同不仅在电通内部引起了轰动，在博报堂和各家报社之间也是反响巨大。听说《读卖新闻》的报道刊登后，电通内部的体育相关部门，特别是足球事业部的部长被总监狠狠斥责了一番。

正常情况下，体育方面的收入在电通一般会计入体育部的营业额里，但是这次读卖绿茵的合同收益却算给了报纸部。真是让体育部颜面扫地。

顺风张帆是广告界的常态，电通体育部的足球事业部自然也不例外，他们竟也对我赞不绝口。

这天，足球事业部里一向对我不理不睬的林田前辈从一旁凑了过来。

“阿福，你眼光还真是独到。太了不起了！改天一起吃个饭吧？”

林田邀请我去一家高级法餐厅共进晚餐。体育部之类的部门有时会特意招待公司内部的业务部，为的是笼络我们，以便平时从业务部收集到对他们有用的信息。

“我听说绿茵的策划书你是用英语写的，能给我看看你是怎么写的吗？”

我猜他是想参考我的策划书，然后用同样的方法去找别的球队谈合作。真是个自以为是的家伙。

“这可是商业机密，恕我不能分享。你加油吧。”

“哎呀，帮帮忙嘛。等会儿吃完饭走的时候，你假装不小心把策划书落在椅子上就好啦。好不好？”

我当然不会那么做。不过，我把策划的要点告诉了他。看到他那副吃瘪的样子，我不禁有点儿幸灾乐祸，但现在是时候在公司内部为这场暗战画上句号了。如果电通能参考我的方法，和其他球队谈成号码布的赞助合约，那再好不过，这也是我期望看到的。

后来，人气本就居高不下的读卖绿茵队，更是以压倒性的优势蝉联了J联赛首年和第二年的全日本冠军。而和球队一起见证那些荣耀时刻的，便是球服上C公司的logo。我的计划大获全胜*，真是美事一桩。

以此为开端，电通的反击战正式打响。

首先是联赛的电视转播广告。本来，大家默认这块业务也是由博报堂负责的，但电通电视部这次向各个电视台抛出了橄榄枝；另一边，业务部配合全力寻找企业赞助商。传统观念认为“职业棒球尚未可知，更别说足球转播的赞助了”，因此，博报堂也必然不敢贸然买下联赛电视转播的所有广告位。电通便以此为突破点，开始敦促各地方电视台转播J联赛在地区举行的比赛。

“不要担心赞助商的问题，电通全部负责搞定**。”

---

* **大获全胜**：对这样的成果，C公司亚特兰大总部也非常满意，并盛赞该项目是C公司的软饮料在日本体育市场上取得的一大成功。我也因为这次的策划案，获得了公司当年上半年的“业务本部长奖”。只不过那30万日元的奖金，在和相关人员的畅饮中一夜之间便化为乌有。

** **电通全部负责搞定**：以电通的销售能力，无论是地方赞助商还是全国赞助商，都可以轻松找到。退一万步讲，即使广告位卖不出去，因为地方电视台的节目广告费比较便宜，电通就算百分之百自掏腰包也完全负担得起。

只要电通能保证赞助商，地方电视台就没有任何风险了。于是，各地方电视台纷纷开始转播J联赛的比赛。因为“J联赛百年计划”的核心理念是“贴近地区”，而地方电视台转播比赛，恰好是对这一理念的落地。因此，各球队及J联赛事务局对电通的这一系列举措给予了高度评价。

接着，电通又找到了各家球队的母公司，将所有球队的号码布广告位一网打尽。各球队运营公司只能“无奈”配合，并陆续和那些与球队没有资本关联的企业达成了合作。就这样，电通瞬间超越了博报堂。

三年后，电通将J联赛绝大部分的广告代理权从博报堂抢了过来。就连当初本应与博报堂相亲相爱的联赛主席川渊三郎，不知何时竟也变成了电通的拥护者。

某月某日

职务之便：

利用公司的关系去巴西旅行

再说一则与读卖绿茵队有关的闲话。

球服上添加C公司logo的合同谈成后，在最终确认合作细节时，我偶然间听到绿茵球队经纪人说了一句：

“我们队下周要去巴西集训，届时会和当地球队踢友谊赛。”

听起来好像很有意思。我还没有去过南美，正好那阵子我迷上了巴萨诺瓦音乐，于是就想，是不是可以利用这次机会，去一趟巴萨诺瓦的发源地巴西看看呢。

如果能把想做的事和金钱挂上钩，我就能给它换上“工作”的外衣，这便是我这份工作的妙趣所在。我把目光锁定在热衷于报道外国足球的《周刊playboy》（集英社），并起草了一份名为“读卖绿茵巴西集训速递”的策划书。策划的大致内容为：买下《周刊playboy》的前三页，并选择C公司为赞助合作方；聘请专业的足球记者和摄影师，对读卖绿茵与圣保罗的三个足球俱乐部的友谊赛进行跟踪采访；最后将比赛现场的报道登上杂志。

眼看读卖绿茵下周就要远赴巴西，不能再磨蹭下去了。在和我的直属上司、C公司以及读卖绿茵汇报之前，我赶紧先和《周刊playboy》沟通了一下想法。

记者和摄影师的差旅费和住宿费，都可以从C公司的广告费里出，不必承担额外的费用，而且能独家专访读卖绿茵队，对《周刊playboy》来说，这次的合作可以说是有百利而无一害，所以他们当场就同意了我的方案。

在和杂志方谈妥后，我才找我的直属上司、客户C公司以及读卖绿茵分别汇报了我的策划案。不出所料，这三方对方案也是欣然应允，C公司决定为本次项目投下600万日元的广告费。而作为“策划人”，对读卖绿茵集训做“随行采访”，便是我工作的一环。

广告公司的业务员经常会去活动或拍摄广告的现场，这个行为用行业术语来说叫“到场”。到场业务员是现场工作的负责人和形式上的掌控者，需要在紧急时刻做出相应的判断。但在实践中，到场业务员可做的事情很少，即便出现突发状况，也会有现场的工作人员出面处理。所以对广告公司的业务员来说，出差去国外拍摄电视广告可以算是一种灰色地带，表面上是去工作，其实是去玩。

而且这次的巴西集训没有客户公司的陪同，所以根本不用担心身边会有人说三道四*。对广告公司的业务员来说，这次的国外出差简直可以称得上是梦幻之旅。

接下来，我将和读卖绿茵队的球员一起，从洛杉矶转机（中间需要几个小时的中转）去往巴西圣保罗。

飞往目的地的JAL（日本航空）航班**刚起飞不久，拉莫斯·琉伟、都并敏史、柱谷哲二、三浦知良、武田修宏、北泽豪一众明星球员便狂欢了起来，他们兴致勃勃地和空姐聊着天，机舱内仿佛联谊会的现场。等再看的时候，空姐们已经坐在自己心仪球员座位的扶手上了。

之后，我和记者、摄影师三名“随行人员”也沾光和空姐们聊了起来。聊着聊着才知道，球员和空姐即将入住的酒店竟是同一家，机舱内顿时又是一阵欢呼雀跃。

接着，球员和空姐用纸巾交换起了酒店的房间号码。看到这幅场景，我们三个人也跟着兴奋起来，还以为这次也能分一杯羹。然而，空姐们的纸巾只是一飘而过，并没有传到我们手

---

* **不用担心身边会有人说三道四：** 在拍摄电视广告时，除了电通的工作人员之外，如果还有客户在场的话，应尽量把客户方的人数限制为一个。因为只要客户方有多人在场，麻烦就一定少不了。最让人头疼的是，客户方的人在拍摄现场说一些自以为是的话，或是做什么多余的事，不仅会惹怒演员，而且会影响导演和摄影师等工作人员的注意力，简直一点儿好处都没有。

** **飞往目的地的JAL航班：** 选手们坐的是商务舱，而我们是经济舱。但由于那趟航班上基本没有别的乘客，飞机起飞后坐经济舱的我们也可以躺着睡觉，所以实际上和坐商务舱也没有太大区别。

里。倒也不奇怪，我们怎么能和当时人气正旺的现役足球运动员相提并论呢，空姐才不会对我们这三个随行人员感兴趣。

抵达圣保罗后，球员和空姐的联谊会在酒店酒吧继续进行。而我们三个早已累得筋疲力尽，各自回到房间后便一头倒在了床上*。楼下男男女女的笑声始终不绝于耳，就在此刻，我终于知道为什么人们总说，空姐必须得有和运动员一样的好体力了。

隔天，我们和读卖绿茵一行人乘坐大巴，来到了圣保罗郊外的一处运动场地，每天一场、为期三天的比赛即将在这里举行。当摄影师和记者忙于跟踪比赛情况、拍摄球场周边的景象时，我正在巴西晴朗的天空下，一边观看比赛，一边喝啤酒，悠闲自得。想到此时正在日本辛勤工作的同事们，我不禁有些愧疚，但能够如愿踏上自己向往已久的巴西的土地，这份喜悦又着实让我沉醉。

对读卖绿茵比赛的跟踪报道结束后**，我对记者和摄影师提议：

---

* **一头倒在了床上**：就在我刚要睡着的时候，回荡在圣保罗街道中的枪声传入了我的耳朵。彼时，圣保罗的治安极差，所以我们晚上也没有出过门，只能老老实实地在酒店睡觉。

** **比赛的跟踪报道结束后**：为了提升球技，球员三浦知良曾只身前往巴西学习过一段时间。比赛结束后，作为采访环节之一，我们请三浦知良给我们烹饪了他以前在巴西学习时常吃的饭。巴西的传统菜肴“费若阿达”，一种很朴素的食物，只需将少量的肉和豆子一起炖熟即可，通常搭配米饭食用。没想到在遥远的异国土地上，我竟想起了自己儿时在家里吃饭的场景。那时候家里很穷，做的咖喱中只有一点点少得可怜的猪肉渣，直到吃完饭都找不到几块。

“咱们好不容易来一趟巴西，不能只在圣保罗待着吧。是不是也该去里约热内卢看看，或者说去采访一下呢？”

果然，记者和摄影师二人跟我一拍即合。

到达里约热内卢后，我们先是乘坐缆车参观了科尔科瓦多山顶的基督像，接着又在夏末的依帕内玛海滩“采访”*了身着比基尼的里约女孩。

之后，我又一个人去了墨西哥城，参观了太阳金字塔，吃了仙人掌沙拉，喝了科罗娜啤酒，最后又喝了龙舌兰酒，把当地彻头彻尾地“采访”了个遍。

不过，对里约和墨西哥进行“补充采访”的行程，在我之前提交给公司的“海外出差申请书”中并没有记录。当然我也知道，即便事情败露，上面也会对我睁一只眼闭一只眼。而这一次，不过是电通职员巧用职务之便的手段中，一个微不足道的小例子。

---

* **“采访”**：那天晚饭后，同行的摄影师和记者去了巴西红灯区的一家店（内含酒吧、休息室等设施，有的店甚至有桑拿房。客人可以和那里的女性一起进入店内隐蔽处的包厢）。因为那会儿我刚结婚，加上我对那种地方有种奇怪的偏见，所以畏首畏尾的我只是目送他们走进了店里，自己并没有进去。

某月某日

老总的儿子：

天真烂漫、没心没肺的愣头青

自从有过那次极具冲击性的交集之后，我和N公司老总的儿子本关就变成了熟人。平时在公司里打了照面，彼此也会简单问候。本关是个天真烂漫、没心没肺的愣头青，但他人并不坏。而且那家伙天生“好女色*”，或者说具有“恋爱体质”。

刚进公司的那年，大家一起参加电通每年一次的富士山登山活动**，晚上需要在山里的休息室过夜。一夜之间，他便和一个短期大学毕业的女同事发展成恋人关系，后来两人居然就这样结婚了，虽然是奉子成婚。

---

* **好女色**：很多电通职员都“好女色”。某个白天，银座一家私营铁路公司的宾馆发生了一场小火灾，事件很快上了新闻。一家电视台的摄像迅速赶到事发现场，拍下了客人逃跑的画面，一名年轻的男性电通职员也出现在其中。隶属电通电视部的他，和一名衣服都还没穿好的女性一起从宾馆门口滚了出来。正好他的上司在电视机前看插播新闻，看到他后，当场怒吼道：“那家伙不是去开会了吗？！”

** **每年一次的富士山登山活动**：电通每年都会举办一次富士山登山活动，以富士山五合目（半山腰）为起点，山顶为终点。参加活动的成员为当年所有的新员工，以及新晋升的干部。出发之前，部门上司要我们立下军令状：“一定要拿冠军回来！”

然而，孩子出生后没几年，有一天他在公司里突然给同事们发请柬，邀请大家去参加他和另一个女性的婚礼。可他当时还没有和原来的妻子离婚，听说被上司告诫这样会犯重婚罪后，才取消了婚礼。

再后来，他和第一任妻子正式办理了离婚*，但很快又和一个前电视台播音员再婚了。再婚的对象，就是之前请柬上的那名女性。

又过了不久，时间来到了这年夏天。有一天，公司内网的人事变动栏里突然发布了对本关的处分公告，因为本关工作违规，公司决定对其予以解雇。本关向广告客户——一家汽车公司违规收取广告费的事件，迅速登上了当天的各大早报。

他以“在地方电视台播放了宣传片”为由，向自己负责的客户——一家汽车公司索取了上亿日元的广告费，并将其私吞。宣传片确实做了，而且也拿给客户看了，不过最后并没有在电视台播出。但他佯装广告已经做完，并以此骗取了客户的钱财。

这种手法的巧妙之处就在于“宣传片的播出”。过去，电通发生过对电视广告虚报费用的事件，不过这种行为很容易被识破，因为负责业务员会把电视台出具的电视广告“播出确认

---

* **和第一任妻子正式办理了离婚**：也许是觉得这个前儿媳妇可怜，离婚后，N 公司的老总直接把她收为自己的养女，对她之后的生活给予了很多照顾。

书”*交给客户。

然而，宣传片既不属于电视广告，也非节目赞助广告，对这种定义模糊的内容，电视台一般不会提供“播出确认书”。

还有一点本关处理得也非常谨慎，他声称宣传片不是在东京的核心电视台，也不是在大阪和名古屋的核心电视台，而是在地方电视台播出的。他辩解说，自己没有争取到关东地区电视台的播出机会（其实是因为，关东地区的电视台更容易受到客户东京总部的注意）。考虑得还真是面面俱到。

事件曝光后，电通公司担责赔偿了汽车公司的损失。然而，为了惩罚电通，怒不可遏的汽车公司将每年高达200亿日元的广告业务从电通全部撤出，并切断了与电通的一切来往。

最终，由于给电通造成了巨大的损失，本关被公司开除，而他身为N公司老总的父亲，也因此与他断绝了关系。当然，以后我再也不会在电通见到他了。

* **电视广告“播出确认书”**：一种用以证明广告已被播出的正式书面材料。为了方便管理，电视台为每则广告都设置了一个10位数的识别码（10位数广告码），号码由企业编号和素材编号组成。广告播出后，电视台会出具一份“播出确认书”，经由广告公司提交给客户（广告主）。确认书中记录的内容有：10位数广告码、播出日期、播出秒数等。特别是播放繁密的插播广告，通常，客户方宣传部的工作人员会根据这份播出确认书，对广告公司提供的广告播放时间及播放数量一一进行核对。如果发现存在诸如播放时间有误，或是播出时段的收视率低于最初的约定等情况，客户则有权向广告公司索赔。当然，在将资料交给客户之前，广告公司的业务员会先自行检查一遍，以确认最初的约定和实际播出的内容是否有出入。如发现其中存在有损客户利益的差异，在被客户指出之前，广告公司应提前给出合理的补偿方案。

不过，“断绝关系”都是说给外人听的。在那之后，本关在父亲的经济支援下，又陆续担任了几家IT公司的法人代表。毕竟，不管是跟N公司老总有关系的公司，或是会揣度老总心思的下属们，都会给本关提供工作机会。每次在公司里听到有关本关的传闻时，我的脑海里总会浮现出他的笑容。本关是个一米八五的大高个儿，一身名牌西装的他虽然看起来高大帅气，笑起来却傻乎乎的，让人对他怎么都讨厌不起来。

2007年，本关因涉嫌贪污被捕，当时他正在一家人才派遣公司做社长。这个事件我也是通过电视新闻得知的，此时，他在电通已彻底成为历史，再也无人提起有关他的话题。

或许这次也是他的父亲出面帮他收拾了烂摊子，这个案子最终以不起诉而告终，本关也被释放。不久后，本关的父亲便因脑梗死撒手人寰。

又过了几年，本关也倒在了自家的浴室中，并因主动脉瘤破裂去世，享年53岁。后来，他的近亲为其低调举行了葬礼，几天后，我从报纸上看到了这则消息。

我在想，如果本关当初没有进电通，他的人生又将如何书写呢？每当想起他，首先浮现在我脑海中的，就是当年在新员工迎新宴上第一次见面时，他那张玩世不恭、天真无邪的笑脸。

某月某日

竞标会：

“一定不能输！”

一天，我所在的业务部收到了一封信，来信者是行业排名第三的一家化妆品公司。

“终于来了。”业务部部长颤抖着双手用美工刀划开了信封。信中写道：

> 尊敬的电通股份有限公司：
>
> 本次邀请贵司参加广告战略竞标会的主题商品是：洗发水和护发素品牌“Pretty”的升级换代版。

这是一封竞标会参会邀请函*，广告业务由电通负责了三年之久的某洗发品牌，要在其产品升级换代之际重新选择合作方。

---

* **竞标会参会邀请函**：如果是日本企业，广告公司参加竞标时产生的费用，一般由广告公司自行承担。而如果参加外资企业举办的竞标会，无论结果是输是赢，凡是参加竞标的广告公司都可以得到企业支付的参会费，金额从50万日元到100万日元不等。

受邀参加本次竞标会的广告公司共有三家，分别是电通、博报堂和ADK。

这个品牌每年可以给电通带来约30亿日元的盈利，如果此次竞标失败，就代表电通以后的年收益将减少30亿日元。反观对手，赢得竞标盈利变多，即便失败也不会有什么损失。所以，本次竞标给电通带来的压力可想而知。业务部内部自不必说，就连总部的业务部总监也打起了十二分精神，在会上强调："一定不能输！"

在日本的广告界，品牌往往会把广告业务全权委托给特定的广告公司，只要没有什么特别的问题，中间一般不会随意更换代理商。但外资企业并非如此，因为海外企业需要对股东的利益负责，所以，他们每隔几年就会为品牌的广告业务重新招标。这样做既可以防止出现内外串通、给公司带来损失的情况，又能确保与自己合作的广告公司永远都是最佳对象。而每次一要参加竞标*，消息马上就会传遍全公司，电通上下瞬间一片哗然。

收到信后，我作为负责对接品牌的业务员，马上和朝仓部

---

* **一要参加竞标**：虽然都叫竞标会，但是竞标的对象并不唯一。竞标对象既可以是一种商品或服务的季节性宣传活动，也可以是一种商品或服务在几年内的品牌战略。广告公司会通过日常工作和特别走访，时刻收集各企业举办竞标会的消息，什么时候、以什么方式举行，等等。越早获得信息，用来准备的时间就越充足，也就越有机会打败竞争对手。如果和客户的关系搞得好，他们有时也会悄悄透露一些有用的信息或制胜点给我们。

长及后辈君塚开了个业务部内部会议。朝仓部长发出号令：

“刚才业务部总监*把我叫去了，他说‘这次就算是给客户舔屁股，也要把项目守住’。”想必业务部总监也被更上层施压，电通绝对不容许失败。

我身为品牌业务负责人，将以队长的身份组建团队、带领团队应战本次竞标。由于这款商品的广告之前一直由电通代理，所以电通内部本就有负责该商品市场营销和媒体策划**的项目专员。

“市场和媒体这两块可以继续交给当前的项目专员来做。但是创意组是不是有必要更新一下呢？或者，至少可以在公司内部进行一场小的竞标，选出最合适的创意组。”

因为我察觉到，现有的宣传手法过于墨守成规了。但是，如果说想要更换创意组，那不就等于告诉大家，现在的创意组能力不行吗？要做这件事最大的难题就是，如何应对创意部的反对。

“虽然很不情愿，但我同意进行内部竞标。”这是创意部总

---

* **业务部总监**：其实，当初我和妻子办婚礼时，给我们当证婚人的就是这个总监。当时，请领导做证婚人几乎是电通的潜规则。此人毕业于东京大学，精通英语，在电通工作的同时，还是一位著名的影评人。他在广告业成绩斐然，由他经手的广告，很多都是请好莱坞明星来演的。

** **媒体策划**：在营销策略和创意策略确定之后，媒体策划便会以前述策略为基础，制订最佳的广告媒体策略，让广告有效触达目标人群。

监给出的答复。

在这里，我先跟大家说一下创意组和我们业务员的权力关系吧。在电通，创意部门和业务部门的地位基本上是平等的，但是根据所面对的客户或工作内容的不同，二者之间的权力关系会相应发生变化。

如果客户对业务员足够信任，那么这份信任对业务员来说，就是一种强有力的后台。这时，业务员就可以做主导，从公司内外招募想要的人才，或者直接指定创意和市场相关的领军人物。

相反，假如某个创意人与客户交往密切*，那么这个人就会成为绝对的权威。

但不管怎样，如果业务员没有一定的领导能力，项目就无法顺利推进。总之，一个优秀的业务员必定有着出色的领导能力，同时又可以为创意人员提供一个好的工作环境。

“既然是产品升级，那把旧版产品的特性保留下来比较好吧？”

听到君塚这么说，朝仓部长当即变色。

---

* **创意人与客户交往密切**：有些创意人与自主经营的企业或极具影响力的经营者关系紧密，当有大型项目时，客户便会直接指定其来负责。即将在第三章中登场的“创意大师笹川”，就是一个典型的案例，他的手段之强，简直称得上是“老头杀手”。

“说什么傻话！这要是传到了创意那帮人的耳朵里，广告方案他们顶多只会在旧版的基础上加个‘NEO（新的）’或‘升级版’。”

我明白部长的意思。

“如果那样的话，肯定赢不了。先把客户的诉求给创意那边，留出一周的时间让他们自由发挥。暂时不要告诉他们业务部的想法。”

我说完后，朝仓部长点了点头。

市场专员给我们送来了有关市场分析和升级产品定位的资料，拿到这些资料的两天后，策划案完成。不过，我们业务部并没有把策划案交给参与内部竞标的两个创意组。

这里，我们把之前已经为品牌服务了三年的创意组称作A，把本次新组建的创意组称作B。两个创意组分别为本次的升级产品设计了广告语：

“大自然的馈赠，纯天然的亮丽和光泽”（创意组A）

“植物力量 全新体验”（创意组B）

朝仓部长将写着这两个方案的A4纸贴到了墙上，问大家：

“你们觉得呢？”

君塚忧心忡忡地嘟哝道：“植物力量，听起来好陌生的词语……”

正如他所说，虽然这个词在今天十分常见，但在当时，确实并不为人所熟悉。

“产品的成分资料你不是看过很多次了吗？没听过也没关系，我看这句话倒是有一份惜墨如金的洒脱在里面。”

话音刚落，朝仓部长便把手指向了创意组B的方案。

广告语可以说是一条广告的生命，只要能把它搞定，就相当于工作已经完成了一半。接下来就是根据这条广告语制作动画和图像，将其要表达的世界观具象化，然后是选定合适的艺人或模特，做产品的形象代言人。

“因为是产品升级，所以继续请女演员H来代言就可以吧？”

君塚试探性地问道。H是日本非常有名的女演员，因为化妆品公司的董事是她的粉丝*，所以该品牌过去三年的代言人都是请她来做的。

“选代言人的问题，这次可以让业务部来主导完成吗？”

我向朝仓部长提议。H代言这个产品已有三年之久，当初

---

* **董事是她的粉丝**：我想很多人都认为，广告代言人是由企业或广告公司根据产品的营销策略，经过一番深思熟虑后选出来的，但事实并非如此。选择某个人做代言人，大多数情况下是因为客户方的董事或其他“关键人物”中意这个人，或是这个人的粉丝。假如由广告公司负责寻找候选人，最后从中选择，那也要根据客户方“关键人物”的兴趣而决定。因此可以说，选谁做代言人，基本上是由个别人的个人喜好决定的。

24岁的青春派新生代女演员，如今已然成为行业的中坚力量，可以认为她的影响力正在逐渐减弱。

就这样，根据业务部这边的主张，创意组B接到了更换代言人*的指示。B组迅速开始行动，从零展开构思，并在两天后的会议上就新代言人和与会成员达成了一致意见。

结果非常令人意外，B推荐的新代言人是一名面部扁平的无名模特，可以说与五官立体、有着欧洲人面孔的知名女演员H刚好相反。

B组一名年轻的女策划自信满满地解释道：

“这次的代言人我们想选一名可以算得上‘有点儿丑’的年轻女孩，而非一般人口中的‘大美女’。这样不仅可以让我们的交互对象更加年轻化，而且能改变他们的看法。因为大家普遍会嫉妒美女，但丑女孩会让大家感到亲切。”

女性的心理还真是门学问啊。

“就这么定了。”

朝仓部长果断拍板。朝仓部长长期负责化妆品公司的业务，工作经验非常丰富。

---

* **代言人**：在选择代言人时，我们会对候选艺人进行“体检”，包括有无绯闻、有无恋爱对象、有无喜欢的品牌、有无特殊癖好等。不过，要查明真相并非易事。如果因艺人的丑闻导致广告被雪藏，广告公司和企业会要求艺人方面赔偿损失。但由于艺人的经纪公司可能不具备赔偿能力，所以大部分损失实际上是由广告公司来承担的。

他注意到，以欧洲为中心的奢侈品牌的杂志广告正在悄然发生变化。在此之前，杂志所用的模特一直以有着西方人面孔的白人模特为主，但在短短几年内，黑人和亚洲人模特也开始走进人们的视野，而且出现的频率越来越高。

而且，仔细想想，第一批“Pretty”用户的年龄已经又长了3岁，也是时候培养新一代消费者了。

到这里，用来参与竞标的策划案基本已经准备完成了。接下来是媒体策略，在广告行业，媒体策略被称为“便便”，意思是说，排泄功能虽然是人体必需的，但并不是最重要的。最后再把宣传策略和促销方案顺带补充一下，策划案就大功告成了。最终，电通赢得了竞标*。

不过，接下来等待我们的将会是另一种磨炼。广告虽然设计得很棒，但是产品到底卖得如何呢?

非常神奇的是，只要广告做得好，产品就会卖得好，这一次也不例外。若非如此，广告公司大概早就从世界上消失了吧。

---

* **电通赢得了竞标**：要问决定竞标胜负的最重要的因素是什么，根据我的经验，答案是广告创意的好坏。无论广告公司做了多么缜密的市场调研，提出了多么出色的营销策略，承诺实行多么有效的媒体策略，最终能够获胜的，还是那些创意方案最具魅力的公司。可以说创意部门是决定竞标胜负的关键，正因如此，创意部才能成为广告公司的明星部门。

某月某日

无中生有：

不料却反败为胜

关于竞标会，我还有一个令自己感慨颇深的故事想给大家分享。

那是以家电起家的S集团刚刚成立损害保险公司，即将进军电购型损害保险业务时发生的事（此时，S集团已经成立了银行和人寿保险公司，均取得了亮眼的业绩）。

S损保宣布，要召集十家广告公司举办竞标会。

不管怎么说，十家公司实属有点儿夸张了，不愧是S集团堵上了企业命运的损害保险。我之所以对这场竞标会印象深刻，是因为电通用来参与本次竞标的策划案，根本就是“无中生有之物”。

当时，电通在电购方面几乎没有任何经验。经初步分析可知，一手负责A公司（因其某则广告中出现了“用同时伸出的大拇指和小拇指代表打电话的手势”走红）广告业务的ADK*，最有希望在本次竞标会中胜出。

电通如何才能扭转局面呢？为了找到答案，我们的团队使出了浑身解数。

终于到了正式竞标这天，电通在会上宣称：“我们开发了一款计划引擎工具，可以将广告投放后的响应信息与媒体购买实时关联，从而优化金融产品的媒体购买方案。”实际上，电通当时并没有开发出这样的工具**，也就是说，刚刚的话完全是无中生有。

说实话，我觉得电通赢不了，因为我们的策划案并没有什么实质性内容。公布结果的日子到了，赢得竞标的不是电通。正如最初预想的那样，ADK拔得了本次竞标的头筹，其次是博报堂，电通排在第三位。对这个结果，我一点儿都不感到意外。我作为业务员，此时与其说是沮丧，更像是一种听之任之的心态。

---

* **ADK**：1999年1月，旭通信社和第一企划两家公司合并成立了Asatsu-DK（简称ADK）。2019年，公司更名为ADK Holdings。在日本的广告公司中，ADK的营业额仅次于电通和博报堂，位列行业第三。

** **并没有开发出这样的工具**：虽然当时并没有开发出这样的工具，但不知为何，它竟已经有了一个叫“DRAMS”（Direct Response Analysis Method，直接响应分析法）的堂皇名称。电通的营销人员总是能想出一些新奇的营销方法，然后冠以华丽的名字，最后一脸得意地发表。不过，大部分工具和方法都会在不知不觉中被大家遗忘。

然而，在公布结果的当天傍晚，ADK却突然回绝了本次与S集团的合作。ADK给出的理由是，A公司是自己的既存客户，而S损保与A公司存在竞争关系，因此无法代理S集团的业务。我很好奇，这种事不应该在参加竞标之前就弄清楚吗？

不久后，S损保的负责人联系了电通，对方客客气气地说：

“按道理说，现在我们应该把项目交给在竞标中获得第二名的博报堂，但是回过头来才发现，贵司的策划好像更胜一筹。请务必接下这次的项目！”

于是，突如其来的幸运降临到了我们身上，虽然很开心，却也忍不住冒出了一身冷汗。因为我们策划里提到的系统，在这个世界上根本就不存在。

我们要求S损保向我们“公开响应数据”。也就是说，广告打出之后，在签署了保密协议的前提下，希望S损保可以将诸如何时、何地、什么人（年龄、性别、居住地区等）前来咨询了他们的产品等数据共享给电通。

电通通过分析S损保提供的消费者对某广告的“响应数据”，将其作用于之后的媒体购买计划，在相对便宜且反应率相对较高的媒体集中投放广告，电通只是做了最理所当然的事。

就这样，电通将“可以将广告投放后的响应信息与媒体购买实施关联，从而优化金融产品的媒体购买方案的计划引擎工具”这个凭空捏造的系统，在竞标会后成功“开发”了出来。

某月某日

人生的阶梯：

“好爸爸”的另一副面孔

和妻子结婚两年后，我们的第一个儿子出生了。在我刚过三十岁时，我贷款三十五年，在离市中心不远的地方买了一套新建成的公寓，如愿住上了婚前和妻子谈论过的“小家”。

我和妻子说过，房贷不会给我们的家带来任何压力，以电通的工资，提前还清贷款也不成问题。

但是，作为一名电通职员，我过分习惯于玩乐。

除了用公司的交际应酬费大吃大喝之外，为了与同事和朋友吃喝玩乐，我还办了多张信用卡，有时甚至向消费信贷公司借钱来花。

三年后，二儿子出生；又过了三年，三儿子也来到了世上，转眼间我们变成了五口之家。然而，每日每夜铺张浪费、在外玩乐的我，并没有因此变得收敛。四十多岁时，我的贷款进入了恶性循环状态。每次公司发了奖金，我会先拿它用来全额偿还贷款，然后在第二天借出更多的钱，这种事不知发生过多少次。

我把每月接收信用卡账单的地址设置成了公司，每次发了工资也是只拿给妻子一定数额的现金，工资单从来没给她看过。

妻子的父母对我们两个人的婚姻非常满意，为了在妻子和岳父岳母面前保全颜面，我总是拼命装出一副“不愁钱”的样子。因此，妻子对我的经济状况知之甚少*。

刚好，妻子本就不追求奢侈的生活，她总是尽可能地想办法勤俭持家。

成为家庭主妇后，妻子从育儿中发现了她的人生乐趣。

那会儿，正赶上日本的升学潮，我们家自然也不能落伍。为了让孩子们进入好学校，我们给三个孩子请了家庭教师，还送他们上补习班。最后，孩子们都考入了私立中学。从大儿子上初中一年级开始到三儿子高中毕业，这十二年里，妻子每天早上都为三个儿子做便当。据我所知，即使是她感冒身体不舒服，又或者刚刚遭遇大地震，孩子们的便当也不曾间断。

拗不过妻子，我们还为孩子们报了钢琴、体操、游泳等兴趣课程，还会带他们积极参加社区的体育活动。有时间的话，

---

* **知之甚少**：有段时间，日本的金融市场利率比较低，我和妻子商量，看能不能趁这个机会为我们的房贷更换一家贷款银行。当我把之前银行的存折交到新银行进行审查时，新银行发现我有过多次逾期还款。结果，我们没能通过新银行的信用审查，从而错失了以较低利率还贷款的机会。即便这样，当时妻子也完全没有多想，只是说了句：“下次再试试吧。”

我一般都会陪孩子们一起去。

作为一名父亲，我自认为是个疼爱孩子的好爸爸。在孩子们小的时候，只要周末休息，我隔三岔五就会携全家出去旅行。

由于平日工作繁忙，所以至少在夏天和过年的时候，我会为自己争取到一周以上的休假，然后去日本各地的温泉胜地泡温泉。当时，电通在全国很多地方都设有宿舍（休闲中心）*，因此我们可以以非常实惠的价格去这些温泉胜地休息和放松。出国旅行对我来说也是家常便饭。这一切都仿佛是在弥补自己那贫苦的童年。

在去旅行的路上，我一边开着私家车，一边向孩子们提出一些他们无法回答的“坏心眼问题”。我的问题越狡猾，被骗到的孩子们和妻子就笑得越开心。

我正在顺利地攀登人生的阶梯。当时的我，还那么确信。

---

* **宿舍（休闲中心）**：但是，在2010年前后，电通把所有直营的休闲中心都卖掉了。

第三章

大项目

某月某日

争夺主导权：

“我不干了！”

卫星电视台S公司即将就新业务的广告布局举行竞标会*。当时，地面数字广播是日本电视业界的主流形式，S公司的多频道广播业务无疑是一个大项目。

加上电通，参加竞标会的共有十几家广告公司。

电通迅速组建了一支临时项目团队，团队由公司最精锐的市场策划人员组成，任命电通的知名创意大师笹川作为团队的“创意总监”，而我则是该项目的对外联络业务员。最终，电通在竞标中胜出，被S公司任命为指定合作伙伴。

好了，大项目马上就要开始了。我们严阵以待，随时准备投入工作。然而，左等右等却迟迟不见S公司的工作安排。

S公司是由四家大型商社各出资25%成立的联合企业，彼

---

* **竞标会**：其实，关于日本首个通过地球静止卫星开展多频道数字广播的构想，我在很早的时候就掌握了这方面的信息。因此，在S公司成立之前，我和我的直属上司椎名部长就与S公司的前身公司接触过。可以说，在这个阶段我们就已经领先了一步。

时，四家商社似乎正忙于争夺公司的主导权。

很快，一个多月过去了。一天，我们突然收到了一封信。信中写道：

> 我们已与犬养雅夫先生签订合同，聘请他为本公司广告交互业务的“特别顾问”。根据犬养先生的指导，我们将重新举行竞标会，在竞标中胜出的广告公司，将成为我们的独家合作伙伴。

果然，这封突然的来信在电通引起了轩然大波。接着，我联系了其中一家大型商社外派到S公司担任广告业务对接人的牧野，并向他发难：

“电通明明已经在竞标会胜出，为什么又要推翻重来呢？”

“真是对不起。因为我们‘上头’的意见没有统一。”

既然这是客户的决定，我们当然只能配合。然而，笹川先生不买账，他可是大名鼎鼎的创意大师。

“别开玩笑了！我凭什么要被犬养指导？我不干了！”

这个“特别顾问”犬养，曾因给大型电机公司制作的双关语广告而声名大噪。其实，犬养和笹川早年都在电通工作，而且两个人同一年入职电通。据说同为创意人的二人，曾互视对方为竞争对手。虽然彼时犬养早已从电通辞职，自立门户*，但对笹川来说，在曾经的竞争对手手下工作，可不是件有趣的事。笹川不由分说离开了团队。无奈，电通的竞标团队很快变成了一盘散沙。

于是，我们不得不重新组建团队，为二次竞标做准备。一场漫长的斗争就此展开。

---

* **从电通辞职，自立门户**：那些有实力的创意人从电通独立出去时都是有条件的。当创意人表达了自己想要独立的意愿后，电通肯定会想方设法留住他们。双方约定，在独立后的前三年，创意人只接受来自电通的工作，与此同时，电通需要保证可以为创意人提供一定数量的工作。许多知名创意人都是通过签订这样的合同，才从电通独立出来的。

某月某日

大腕儿：

每人每年1亿日元

二次竞标会如期举行，本以为这次参会的只有几家实力较强的广告公司，但不知是不是因为四家大型商社在暗中较劲，参加二次竞标会的公司竟又多达十几家。

因为笹川离开，电通又派了公司里另一位有实力的创意大师，来接替团队创意总监一职。在他的带领下，我们再次参加了竞标。

结果，电通又一次赢得了竞标，被选为指定广告代理人。但是，S公司提出了一个条件：

“创意总监要由我们的特别顾问犬养先生来担任。”

这也就意味着，原本电通团队中的创意总监不再被需要。于是，继笹川之后，又一位创意大师从我们的团队中失意离去。

就这样，一个尴尬的团队诞生了。犬养作为客户方的“特别顾问”，同时还要兼任时而与之利益相悖的、广告公司一方的“创意总监”。我预感到，S公司的广告业务将会充满坎坷。虽心怀忐忑，但工作还是如期展开了。

S公司负责对接宣传工作的，是年纪尚轻的牧野，他是从S公司大股东之一的某大型商社外派过来的。这天，牧野和特别顾问兼创意总监犬养、我，以及我的上司椎名部长，四个人正在开讨论会。因为在之前的竞标会中，电通提出了一些有关创意和广告布局的方案，包括代言人的选择等。我们想通过这次的会议，完善之前的方案。

看到原方案中的备选代言人后，犬养说：

“这个，还是小了。”

椎名部长盯着犬养的脸试探性地问道：“小了吗？”

“简直太小了。我考虑的是谁呢……”

话音未落，犬养便起身来到了白板前，拿起马克笔在上面写了起来。

迈克尔·乔丹

昆汀·塔伦蒂诺

娜奥米·坎贝尔

每个都是当时顶级的明星。当然，人名可以随便他写，但管理和调整预算的是我们。如果要请这些人来代言，那得花多少钱啊。

我问了一句：“好豪华的阵容啊。只是，不知道预算是否……”犬养听到后云淡风轻地回应道：

“预算是每人每年1亿日元。你们去给我谈个三年期的合约回来。”

“用这个价格恐怕是不好谈啊。”坐在我旁边的椎名部长小声嘟囔道。听到这句话，犬养突然眼睛睁得溜圆，难以置信地说道：“所以才需要你们啊！”

接着，他依次看了看我和椎名部长，不容辩驳地说道：“明天，你们俩飞一趟美国*。”也就是说，犬养让我们明天出发去美国谈广告代言的合同。

我有点儿不相信自己的耳朵，于是又问了一遍：“您是说明天吗？”这时，坐在我斜对面的牧野开始帮腔了：

“在商社，每个人的办公桌旁都随时放着一个行李箱。即便是今天下午就去国外出差，我们也能马上行动。请不要抱怨说什么时间来不及，电通的招牌可是会流泪的。”

那天，我忙到很晚才回家。见到妻子后，我告诉她：

“我明天要去国外出差一趟。”

---

* **明天，你们俩飞一趟美国**：除了需要经常出国参加拍摄工作的创意部，以及和国际业务相关的部门外，电通其他部门去国外出差的机会并不多。按照电通目前的规定，总监及以上级别的人员去国外出差时，机票最高可以买到商务舱，总监以下只能乘坐经济舱。有一次，我和一名女主持人去纽约出差，当时她坐的是头等舱，我坐的是经济舱。不过呢，以前迪士尼公司有部电影即将在日本上映，我有幸参与了部分宣发工作。当时，客户邀请我们去加利福尼亚的迪士尼乐园参观，不仅机票是商务舱，对方还贴心地问我：“要带夫人一起去吗？”我心想，真不愧是美国的一流企业。

尽管当时已是深夜，但听我说完，妻子二话不说就从储物室里掏出了一个大大的行李箱，开始帮我打包行李。可是，当我打开自己的护照时，立刻傻眼了。护照居然过期了。一想到明天又会因为这件事被犬养和牧野痛骂，我的心情一下子就变得沉重起来。

没办法，第二天开会时，我低声下气地将自己护照过期的事告诉了在座的人，果不其然，牧野听完当场大吼：

“你说什么！这种事在商社根本不可能发生！”

“真伤脑筋。这样也配叫业务员吗？”

这件事似乎让犬养有些猝不及防，他下意识地看了一眼椎名部长。

“算了，我知道了。新护照什么时候能办好？”

随后，我马上联系了电通的纽约分公司，让他们帮我准备了“紧急申请美国签证函”，用传真发了过来。我火速把资料送到外交部，最后因为走了“特殊通道”，三个工作日后新护照就办好了。

同时，我委托电通内部的主管部门创意部*与三个大明星进

---

* **主管部门创意部**：过去，电通内部负责与艺人谈合同的主要是创意部，不过这引起了体育部的竞争心理。后来，体育部开始与运动员签约，而且业绩越做越好。进入21世纪后，电通成立了全资子公司DENTSU CASTING AND ENTERTAINMENT，专门负责与艺人、运动员、明星的经纪合约。这样做的好处是，一旦合同出现问题，电通就能以“这是子公司的问题，和我们无关”为由逃避责任了。

行合同谈判。

“就这么点儿钱怎么可能谈成。”创意部的同事回答道。我被拒绝了，一是因为预算太低，二是谈判时间太短。之后，我想方设法从体育部的林田前辈那里打听到了一名美国律师的联系方式，听说通过这个律师就能与三位明星接洽。

此时，距离最初的讨论会仅仅过去了四天。我带着一条模糊的线索，和椎名部长坐上了飞往美国洛杉矶的飞机。

某月某日

一切免谈：

抓紧一线生机

其实，与好莱坞明星等国际明星签订广告代言合同并不是什么难事。只要和他们的经纪人或律师交涉，然后按照规定的程序签合同就可以了。从我的经验来看，和他们合作，比与日本艺人合作更流程化。不过，你需要为此支付一笔“合理的演出费”。

虽说合同约定广告只在日本国内播出，但即便在当时，每人1亿日元也算不上高价，我很担心这些大腕儿是否能接受这样的条件。出人意料的是，通过美国律师的交涉，昆汀·塔伦蒂诺和娜奥米·坎贝尔很快就同意签约了。

说来也巧，昆汀·塔伦蒂诺是个狂热的日本电影迷，所以能够接到来自日本的广告邀约，对他来说本身就是一种光荣*。

---

* **本身就是一种光荣**：此时，他已凭借《落水狗》（*Reservoir Dogs*，1992）引起大众的关注，并因《低俗小说》（*Pulp Fiction*，1994）一跃成为国际巨星。在《杀死比尔》（*Kill Bill*，2003）中，曾有他向日本电影致敬的桥段。继S公司之后，他还与自己很欣赏的明星千叶真一共同出演了关西数字电话的广告。

而娜奥米·坎贝尔曾和久保田利伸合唱过*La La La Love Song*，也与日本有着不解之缘。

不过，迈克尔·乔丹可就没有那么顺利了。

我们的报价已经递过去了一段时间，却迟迟不见对方回复。我和椎名部长每天都会去美国律师的事务所等消息，而且，律师事务所所在的是禁烟办公楼，如果想抽烟，只能乘坐电梯去大楼一层入口处的吸烟区。于是，我和椎名部长每天坐着电梯上上下下，循环往复。

乔丹是芝加哥公牛队的超级巨星，想当年，麦当劳拿出了每年20亿日元外加股票期权行使权的破格条件，才和他签下合同。仅限日本国内播出、代言费每年1亿日元、合同为期三年，这样的条件他怎么可能会接受。时间就在这样无谓的等待中一天天流逝着。

得知谈判迟迟没有进展，电通的领导给椎名部长打来了电话。

"继续待在那里情况也不会有好转，不如尽早回国，商量商量下一步的对策吧。"

然而，椎名部长并没有听从领导的指示。

他回应道："回国后还怎么签合同？还是再坚持一段时间，再想想办法吧。"

终于，我们在美国待了大概一个月*的时候，乔丹的经纪人给我们的律师发来了一个好消息。律师告诉我们，我们可以和迈克尔·乔丹见面了。抱着最后一丝希望，我、椎名部长和美国律师，火速飞往了经纪人指定的亚利桑那州凤凰城。

抓紧这一线生机，我们踏上了亚利桑那的土地。终于要和迈克尔·乔丹会面了。不，准确地说是终于要看到迈克尔·乔丹了。在亚利桑那又等了一个星期，我们终于收到了对方的联络。我们三个按照指示来到了对方所说的酒店，当时迈克尔·乔丹和他的经纪人已经在那里等着了。然而我们刚坐下没几分钟，谈判就结束了。因为对方说："一切免谈。"

在亚利桑那的谈判无果而终。就在我和椎名部长还没有从消沉中缓过来的时候，一个更糟糕的消息从日本传了过来。

"公司决定把椎名部长从这个项目中撤下来，这是S公司的意思，已经定了。"

不得已，椎名部长只能将我一个人留在洛杉矶，自己先回日本。后来我才知道，和乔丹的谈判失败让犬养十分恼火，所以公司才对椎名部长做了那样的处分。回到日本后，椎名便离开了业务部，被安排了一个名为"业务部助理部长"的闲职。

---

* **待了大概一个月**：因为不可能24小时都在律师事务所待着，所以我和椎名部长每天晚上都会跑去牛排餐厅大吃牛排，吃腻了就打车去一个叫托伦斯的城市吃拉面，打车费来回要花3万日元左右。看着谈判迟迟没有进展，我和部长日益焦虑，吃饭也算是我们逃避现实的一种手段吧。

结果，曾严令“无论如何都要把迈克尔 · 乔丹的合同*拿下”的创意总监犬养，轻松地改了方针：“没办法了，那就换成查尔斯 · 巴克利吧。”

和巴克利这边谈得倒是很顺利，就这样，我们成功签到了三名美国大腕儿。广告制作正式开始。

* **迈克尔 · 乔丹的合同：**2023年，我在观看电影《气垫传奇》（*AIR*，2023）时，又想起了那段往事。影片讲述了1984年桑尼 · 瓦卡罗为了重振业绩不佳的耐克篮球部门，签下迈克尔 · 乔丹，创造出了著名品牌“Air Jordan”的故事。看完电影之后我意识到，当初我们之所以没能和迈克尔 · 乔丹签约，原因有二。第一，演出费太低。在和耐克的合同中，迈克尔方要求，耐克每卖出一双“Air Jordan”鞋，就需要向其支付高达销售额25%的版税。而版税收入大部分都被迈克尔方用在了旗下基金会的慈善事业中。第二，电通没有对迈克尔付出热情。耐克的桑尼 · 瓦卡罗向迈克尔展现出的热情，远远比我们要多得多。

某月某日

一晚2000万日元：

真的有必要吗？

“好莱坞的环球影城设备齐全，拍摄成本肯定比在日本拍要低得多。”

在犬养的建议下，团队决定租用环球影城的场地进行广告拍摄，并将实际的摄影工作委托给了塔伦蒂诺经营的制作公司。

刚回国没多久的我，即将跟随犬养、牧野还有几名电通的工作人员再次飞往美国，不过这次的目的地是好莱坞。

然而，临出发时，我们突然接到通知，出发和拍摄时间需要推迟一周。后来才知道，原来是犬养的护照过期了。

你也不过如此啊！我在心里咆哮着。不过最后，这件事被当作“绝密事项”对各方客户隐瞒了下来，当然，牧野除外。

创意总监是整个制作工作的总负责人，在拍摄广告片时，一般还会单独请一名专业的摄影“导演”。不过，特别顾问兼创意总监的犬养却放话说：

“让我来执导，肯定能拍出更棒的片子。”

于是，在犬养导演的指导下，昆汀·塔伦蒂诺部分的拍摄开始了。

在好莱坞的摄影棚里，犬养一边指导演员的动作，一边监视着摄像机。

起初，塔伦蒂诺还会配合犬养的指挥，但可能是对导演的手法不太满意，中途他便开始不停地对犬养的指示提出异议。

终于，塔伦蒂诺的导演之魂被唤醒，开始自导自演起来。他一边指挥导演和摄影师，一边在镜头前进行艺术演绎，就如同犬养等人不在场一样。因为现场的工作人员都是塔伦蒂诺公司的员工，他们自然会对塔伦蒂诺言听计从。

一脸不悦的犬养喋喋不休地向翻译诉说着对塔伦蒂诺的不满，但是，翻译面露难色地歪了下头，示意自己并不会把他的这段话翻译给塔伦蒂诺听。

或许是放弃了挣扎，犬养干脆直接坐在导演椅上，无所事事地看着塔伦蒂诺和他的团队忙前忙后*。

紧接着，查尔斯·巴克利的镜头也全部拍摄完毕。前两人的拍摄结束后，我们暂时回了一趟日本，一周后再次赴美。终

---

* **塔伦蒂诺和他的团队忙前忙后**：不得不说，塔伦蒂诺的制作团队工作起来还是相当出色的，尤其值得一提的是他们安排的餐饮服务。当时，所有在场的演员和工作人员吃的餐食都是一样的，十分平等。那热气腾腾的饭菜，与我们在日本拍摄片场吃的冰冷便当，简直有着天壤之别。

于，在某天晚上的环球影城，我们完成了对娜奥米·坎贝尔，即本次最后一个明星的拍摄工作。

这次，我们首先需要警惕的是娜奥米的迟到问题。娜奥米是有名的“迟到王”，因为她迟到造成工作延误的传言，我们可是听到了不少。以防万一，我们雇人从她纽约的高级公寓一路跟踪她到机场，直到她顺利登上飞往洛杉矶的飞机。

为了能够顺利开拍，我们可谓煞费苦心。对了，日本方面去往拍摄现场的共有四人*，犬养、创意专员**三田村园子、总监制键谷（电通子公司Dentsu Tech的员工）和我。

娜奥米·坎贝尔的拍摄从白天一直持续到了晚上，在犬养的指导下，她坐在导演椅上一遍又一遍地重复着台词。我坐在摄影棚一角的椅子上焦急地抖着腿，一会儿看看手表，一会儿看看他们。

在好莱坞，如果拍摄超过了规定的时间，就必须向美国制

---

* **四人**：原计划中，S公司的牧野和电通的一名广告策划也会参加，但出发前牧野因身体不适没能一起来。但电通的广告策划为什么没来，我们当时并不清楚原因。不过，拍摄开始两周后，这名策划就因持有和使用毒品被捕了。他应该早就被警察盯上了吧。

** **创意专员**：这个职位是创意制作相关工作的联络窗口，主要负责协助创意总监处理日程安排、人员管理和预算管理等事务。能够搞得定犬养的，据说只有她一个人，两个人关系非常亲密。当然这些说到底只是流言，是真是假，我不得而知。

片人工会*的工作人员支付相当数额的加班费。本来成本就已经很高了，我必须尽可能地避免更多的支出。看着时间一拖又拖，我心急如焚。

也不知犬养是否了解我此刻的心情，只见他不紧不慢地对身边的键谷说道：

“想加点儿月光效果，我们有气球吗？”

“一定要那个吗？”

总监制键谷一脸担忧地看了看我，向犬养问道。键谷是片场的总负责人，也是片场制作费的管理人。大多数创意总监都不怎么关心预算的问题，那些知名的创意总监更甚。所以一般情况下，总监制才是实际管理预算的人。

“没错。快点儿帮我准备一下。”犬养若无其事地回答道。

“那个，大概要花多少钱啊？”

正在为预算发愁的我忍不住问键谷。

“一晚2000万日元。”

听到键谷的回答，我瞬间词穷。

包括娜奥米在内，在场所有人一起等了大约三十分钟后，一个巨大的气球被搬到了摄影棚外。随后，工作人员开始麻利地给气球灌装氦气，不一会儿，气球便缓缓地飘到了我们的头

---

* **美国制片人工会**：Producers Guild of America，简称PGA，是由美国电视、电影和其他媒体行业的制片人组成的组织。

书名　　　　作者

我的评分　　　　阅读日期

★ ★ ★ ★ ★

最爱金句

我的书评

画下本书封面吧！

顶。把气球布置好以后，时间已是深夜的十点。终于，娜奥米的拍摄在气球下得以重启。

不管怎样，三位大腕儿的拍摄工作总算结束了，我也终于可以回日本了。此时，身心俱疲的我并不知道，接下来将会有更大的麻烦等着我。

某月某日

此刻，逃命中：

“他应该不会再见你了”

不久，在剪辑室里做了娜奥米·坎贝尔的电视广告*的试映。看完后我不禁眼前一黑，因为在那条广告里，我没有看到任何与“月光”有关的场景，一秒钟都没有。

而等制作工作全部结束，收到总监制键谷发来的费用账单后，我当场瘫坐在地。

制作费的总费用最终竟攀升至了2亿1000万日元，比我最初做的预算（这个金额本就是我留了余量多算的）超出了整整6000万日元。

这令我始料未及，我不由得想起当初口口声声说“好莱坞的环球影城设备齐全，拍摄成本肯定比在日本拍要低得多”的犬养。

---

* **电视广告**：当时拍的那些广告，有一部分现在（截至2024年1月）仍可以在YouTube上看到。其中一条的大致内容是：塔伦蒂诺扮演的主人公在路上极速飙车，为的是尽快回家看电视，他迫不及待地冲进家门，最后一边吃着比萨，一边津津有味地看起了S公司的电视节目。

照常理说，创意总监作为创意制作工作的总负责人，犬养有义务对成本进行管理和控制。就是这个又是指定明星大腕儿，又是主导广告片拍摄（还使用了那个毫无意义的气球）的犬养。

因为制作费严重超出预算，所以我需要通过犬养向S公司汇报此事。因此，我计划先找犬养沟通一下情况。

一开始，我尝试通过键谷和犬养约见面时间，但是全都被犬养回绝了，理由是“×日要去其他公司剪广告”“△日要出差去外地拍片子”“□日整天都要开会”。

看我联系不上犬养，不知夹在中间的键谷是不是感到于心不忍，他小声对我说：

“请节哀，他应该不会再见你了。我以前和他一起工作的时候也遇到过类似的事情，他就是那种一遇到问题，就绝对不会出来担责的人。”

话虽如此，我也不能这么轻易放过他。

抱着最后一丝希望，我找到了之前曾跟随犬养一起去美国参与广告拍摄的创意协调员三田村。听说她是犬养的眼线，与犬养的关系很好，正好气球事件发生时她也在现场，所以她对这次的情况也很了解。

几天后，我接到了三田村打来的电话，她跟我说了几个可以约到犬养的时间：

· 凌晨三点，在五反田的剪辑室

· 早上四点，在东映的摄影棚，见面时间十五分钟以内

· 周日上午八点，从电通前门出发的外景巴士上，见面时间为发车前的五分钟

…………

三田村跟我说了几个可以见到犬养的时间，话语里没有丝毫感情。

我拼命想把三田村不带任何感情说出来的候选日期记下来，生怕漏掉一条。但写到一半，我突然发现自己很蠢，于是干脆直接将手里的笔记本丢到了一旁。

正如键谷所说，他应该不会再见我了。

某月某日

亏空处理：

悄悄加成

我和接任椎名部长的桥爪部长商量之后*，决定向S公司的宣传部部长提议采用“那种方法”，来让他们支付前面提到的6000万日元的亏空。

在已经拍摄、剪辑好的六则电视广告中，有一则将于下一会计年度的4月播出（4月交付），我们想到的方法是，是否可以将超出预算的6000万日元，计入下一年度的预算以完成支付。

在S公司的会议室里，随着我们的说明越来越详细，对方宣传部长的脸色肉眼可见地阴沉下来。在我快要说完时，宣传部长终于忍不住打断了我。

“怎么，你们都把手伸到广告主的口袋里了？”

“不，您言重了。我们只是想跟您商量一下付款的方

---

* **商量之后**：在与桥爪部长讨论时，两个人不约而同地提到了“那个方法”。桥爪部长说“只能这样了”，而我也深表赞同。我们算是“心有灵犀”，或是“以心传心”，还是说“同病相怜”更合适呢。

法……"

桥爪部长拼命往回找补。

"不要再说了，否则以后休想再与我们合作！"

对方决绝地说道。显然，我们没能成功说服S公司的宣传部部长。

我们不得不继续寻找其他对策。最终，我们计划动用"禁招"来填平这笔亏空。

首先，以广告制作费的名义向S公司开具一张6000万日元的发票。但这张发票并不会直接拿给S公司，而是先由我保管。

到了次月，在月末的付款期限*到来之前，对本月实际产生的电视、报纸广告费进行加成**处理。

假设，本月实际产生的电视广告费和报纸广告费分别是2000万日元和1000万日元，经过加成后，在向S公司收取费用时，这两项费用分别会变成3000万日元和1500万日元。

即使是那种会仔细核对广告制作费估价单的严谨客户，对"媒体费用"的准确性，往往也不会过分追究。这是因为，估价

---

* **付款期限**：对于当月交付的广告，电通基本上会在当月月底向客户发出付款申请，并要求客户在次月底前以现金的形式完成支付。可是当电通向各媒体公司和制作公司付款时，大多是自交付当月月底起的90天后，以本票的形式付款。

** **加成**：据我了解，这个手法目前还从来没有被客户发现过。日本企业大多不会要求电通公开来自媒体公司的收费单，但部分外资企业赞助商有时会要求看这个单据，不过除极少数的情况以外，我们原则上都会拒绝。

单中的“媒体费用”参照的是现行市价，实际收费会随所选媒体、季节和供求关系的变化而波动。

就这样，我们每个月一点儿每个月一点儿，或者说是相当大胆地向S公司加成收取了广告费，然后将加成部分用于填补之前产生的亏空。差不多用了半年的时间，6000万日元的亏空终于追平了。

后来大家才知道，当初犬养被S公司任命为“特别顾问”时，同时还与S公司签订了每年数千万日元的“咨询合同”。也就是说，除参与我们这个项目之外，犬养还会为S公司的其他业务提供咨询服务。

事到如今，我对犬养的怨恨早已消失得无影无踪。因为由他所产生的亏空已成功追平，其他事情我已不再在乎。我突然觉得，犬养有一份普通成年人身上再难看到的纯真，他就像一个孩子，一个一遇到不如意就开始耍赖撒泼的孩子。

某月某日

杰尼斯事务所：

在拿给企业之前

不知不觉间，我负责S公司的宣传工作已经到了第四个年头。S公司的广告宣传可以说困难重重，因为各家民营电视台之间已经达成协议，约定“可以接S公司的广告，但不可以给S公司的节目做预告宣传”（这在电视和网络上节目预告铺天盖地的今天，简直难以想象）。由此可见，民营电视台当时对S公司有多警惕。

电通自然只能遵从各家民营电视台的意愿，但作为工作在一线的业务员，我的目标是实现更强有力的广告交互，抵御这种压力。

继前文所述的由外国明星出演的广告之后，S公司还请来了舛添要一、长岛一茂、增田明美、小筱顺子、具志坚用高等各具风格的明星，共同参演了由松田圣子主演的广告。功夫不负有心人，形式多样的广告取得了喜人的成绩。S公司通过与家电零售店合作，使自家的调谐器和抛物面天线*的销售上了一个新平台，订阅量也在稳步增长。

当电通正在拟定新的广告策划时，S公司提出了这样一个要求：

“下一则广告我们想签个杰尼斯的艺人。”

“签个杰尼斯的艺人”，对方没有明确指出具体想签谁，那也就是说，只要是杰尼斯的艺人，签谁都可以。

在此之前，我还没有和杰尼斯在工作上打过交道。请杰尼斯的艺人代言会给S公司带来怎样的积极影响呢？作为该项目的业务员，我虽然心存疑虑，但同时也充满了期待。

在S公司和电通的创意总监的带领下，我们的团队经过商量，决定选择当时人气正旺的国民偶像组合的队长N来做新广告的形象代言人。

然而，杰尼斯事务所对S公司和民营电视台的关系表示担忧。正如前文所述，S公司被各民营电视台视为眼中钉，如果与S公司签了代言合约，对艺人来说也是一种风险。想要让杰尼斯事务所同意合作，恐怕要花不少时间。

话说回来，和杰尼斯事务所合作本身就困难重重。

第一是高额的代言费。当时，N的代言费是每年8000万日

---

* **调谐器和抛物面天线**：如今，BS / CS的调谐器已内置在电视机中，而大多选择订阅有线电视的大型公寓，也不再需要抛物面天线。

元。除此之外，每次拍摄影片和照片都需要单独另付出场费*，收费标准会在合同里写明，例如：拍摄影片每天多少钱，拍摄平面照片每天多少钱，等等。

第二是确定拍摄时间（如拍摄日期和地点、拍摄时长的调整等）。杰尼斯事务所的艺人可供拍摄的时间非常短，而且很难安排拍摄日期。他们实在是太忙了，根本没办法确定档期。

第三，也是最大的难题，那就是对拍摄内容的预先审核**。事务所对艺人的形象有严格的保护和管理，不管广告策划多么有趣，只要事务所不同意，任何方案都得被搁置***。一般情况下，广告公司会先把策划案拿给企业过目，得到企业的同意后，再提交给艺人方。但如果艺人隶属于杰尼斯事务所，顺序就要反过来，策划案在拿给企业之前，必须先取得杰尼斯的同意。

当时，杰尼斯出面和我们谈判的人，是偶像组合的首席经

---

* **需要单独另付出场费**：每次需要拍摄新素材，都需要额外支付片酬。虽然这种合作合同很常见，但杰尼斯的价格是市场价的2 ~ 3倍。

** **对拍摄内容的预先审核**：通常，拍摄电视广告时需要提前准备像八格漫画一样的“分镜脚本”。当客户方和艺人方都对方案无异议后，方才开始拍摄。但如果是杰尼斯事务所的艺人，就需要预先让他们审核分镜脚本，这可不是件容易的事。而且在拍摄平面广告时，从策划到拍摄角度、成品照片，每一步也都需要详细的审核。

*** **方案都得被搁置**：在实际的拍摄过程中，经常需要对拍摄内容临时进行调整。但因为杰尼斯对策划的要求非常严格，创意提出的方案往往很难顺利通过。除杰尼斯之外，艺人们也会提很多要求，例如：“衣服不喜欢”“故事设定缺乏必然性”“不喜欢台词的措辞”等。我们广告代理必须时刻保持警惕，以免得罪他们，防止方案被搁置。

纪人I女士，她也是后来在杰尼斯引发独立风波的主角。这个I正是“难关”的守护神。

在和N签订代言合同时，实际和I直接交涉的，是电通创意部的城崎导演。

通常，广告策划案是在签订合同后才开始讨论的，但是杰尼斯比较独特。

“先给我看看你们的策划案吧。”

就因为I这一句话，我们一口气拿出了五份方案的分镜脚本。

很快，某天凌晨的一点钟，城崎导演的手机响了，来电的是此时正在摄影棚工作的I。

“这几个方案中，B方案到E方案全都不能用。”

“为什么呢？”城崎不解地问。

“因为那些方案和N的形象不符。”

在这件事上，我们和杰尼斯的地位一目了然。既然杰尼斯这么说，我们自然也只能听他们的。

“我明白了。我们马上重新思考其他方案，明天之内给您送到摄影棚。合作的事请您务必再考虑一下！”

几经周折，我们终于成功和N签订了为期三年的代言合约。

后来，我在S公司的广告摄影棚里初次见到了N。N是个非常坦诚善良的年轻人，面对导演的指挥，也是一直点头配合。

而此时，I正坐在摄影棚一角的导演椅上，抱着双臂默默地观察着这一切。

I事先交代了我们：

“剪完的片子，在拿给客户之前，先给我看一下。”

“当然，这方面的规矩*我已了然于心。”

“只有客户同意是不行的。只要我不说OK，片子就不能用。”

比客户和电通更有话语权的，是杰尼斯事务所。

* **规矩**：不仅是杰尼斯，和明星一起工作时，往往都会有一些特殊的规矩。记得在拍摄由某位著名女艺人参演的广告时，前辈们就下达了关于她的一些注意事项：1.休息室里要放置鲜花，但是不能出现玫瑰的气味；2.便当要准备日式、西式、中式三种，另外还要准备单独的米饭；3.休息室内不能出现摄影杂志……

某月某日

瘾君子：

根据 × × × 来选择协调人

“啊！”

这天早晨，我照常来到公司上班。但当我翻开办公桌上的报纸后，不由得大叫起来。

因为我在报纸的社会版里看到了一则报道，与我同期进入电通的同事田所，因持有大麻被逮捕了。据说，警察深夜对过往车辆进行安全检查时，从田所的后备厢里发现了大麻。

随即，公司内网的人事变动栏里发布了对田所的解雇处分。但关于解雇的理由，公告里并没有写。人事部也是会干蠢事，明明报纸上都已经写了。

田所在电通的销售推广部工作，他的父亲是关西地区的众议院议员*。虽然工作表现平平，但他生活之奢靡，在公司里是出了名的。他那辆被查出大麻的车，就是一辆高级进口车。

---

* **众议院议员**：他的父亲是和歌山县选区选出的众议院议员。田所不仅自己被炒鱿鱼，还逼得身为公众人物的父亲也跟着辞去了议员职务，真是造孽啊。

得知田所被解雇的消息后，坐在我邻桌的前辈大声讽刺道：“福永啊，××年（我和田所进公司的那一年）的那批人可真是歉收啊。怎么里面不是庸才就是罪犯呢。”

田所的事件发生后不久，日本经团联秘书长的儿子也因持有大麻被捕了。同样，他也被电通解雇了。真不知道是因为电通里面瘾君子多，还是因为靠关系进公司的人多。大概两者都不少吧。

不是我装好人，我就从来没有沾染过毒品。不过，可以肯定的是，电通员工确实更容易接触到毒品。如前文所述，在我负责卫星电视台S公司业务的时候，电通就有一名广告策划也因吸毒被捕。

有一次，我和创意部的小野寺前辈在酒吧喝酒，他问我：

“你知道创意部的那帮人为什么喜欢去海外拍摄吗？”

“我经常听他们说国外的‘氛围’不一样，是因为这个吗？仔细想想，和终日潮乎乎的日本相比，干爽的夏威夷和加利福尼亚确实不一样呢。”

小野寺前辈听完笑了笑说：

“他们向往的才不是什么‘氛围’。他们想要的是精神上的刺激和大麻。你去加利福尼亚那边的摄影棚或海边，很容易就能买到。”

我虽然没敢问，但小野寺前辈恐怕也是他们中的一员吧。

“我有一个后辈，他在国外选择当地协调人的时候，标准就是看对方是否有能力搞到高品质的大麻。”

在酒精的作用下，小野寺前辈逐渐变得口无遮拦起来。

“跟你说个好笑的事。听说用电饭锅烘干的新鲜大麻叶口感最棒。有一次，我这个后辈正在住处的电饭锅里烘大麻，这时，他们的紧急联络网突然打来了电话说：‘快把电饭锅里的叶子冲到马桶里去！’虽然觉得很可惜，但他还是把手上的大麻一股脑儿丢进了马桶。结果，他的住处第二天就遭到了警察的突袭。好歹躲过了一劫，真是千钧一发。”

说到这里我不得不再提一句，过去的电通曾拥有控制自家丑闻的能力*。

像之前负责卫星电视台S公司的广告策划因吸毒被捕一事，当时任何一家媒体都没有发表相关报道。万一哪家媒体上出现了《负责S公司业务的电通广告策划，因吸毒被捕》这样的标题，那S公司这家客户估计就很难保住了。为了防止出现类似情况，电通就算是拼死也得把这件事压下去。

回想事件发生之后，领导给我下达过这样的安排：

---

* **控制自家丑闻的能力**：一名电通员工在上班途中，因在电车内猥亵女乘客而被警方拘留。当天，谣言就传遍了整个公司。然而到了第二天早上，他竟若无其事地来公司上班了。最奇怪的是，新闻上也没有报道这起案件。这名员工的父亲是一名法官，虽然和受害人达成了庭外和解，但想必他的父亲也和平日里有交情的检方人员打招呼了吧。而电通这边，肯定也在电视台和报社那里打点好了关系。

“去跟各家客户传达一下，近期电通免费提供地方报上的广告位。”

也就是说，对答应电通的“请求”、没有报道员工吸毒事件的地方报，作为答谢，电通将会邀请企业来他们的报纸上刊登广告。从媒体的角度来看，电通其实也相当于是他们的客户，因为电通可以帮他们招来广告主。所以，他们自然也不想因为一些不必要的事得罪自己的客户。

然而在2024年的今天，电通已不再具备这种能力。因为以电通如今的财力，已经无法向企业免费提供报纸和杂志的广告位了。而媒体也已成熟起来，不会再去揣度电通。最重要的是，在当今这个时代，信息一旦开始在社交网络上传播，任何人都无力阻止。

某月某日

收视率：

是运气，也是恶魔

大家知道Video Research吗？它是日本一家专门调查收视率的公司。每当有电视节目的收视率发布时，这个公司的名字都会同时出现，所以对普通大众来说，这家公司并不陌生。

该公司不仅调查电视的收视率和广播的收听率，然后把数据出售给电视台和广告公司，业务范围还包括互联网使用状况调查、运用日本最大规模的固定样本组开展各类消费者调研，对长期积累的数据进行多维度加工处理后，再将其出售给有需求的客户。对广告公司来说，Video Research提供的数据基本上是唯一的*基准数据来源。而这个数据呢，又总是让我们哭笑

* **基本上是唯一的：**过去，美国尼尔森公司也在日本设有分部，为企业提供收视率调查服务。不过，这家公司早在多年前就暂停了该项业务。结果，Video Research竟因此成了日本唯一数据全面的调查公司巨头（到2024年，日本可提供收视率调查的公司还有：Switch Media、Intage和Macromill等）。而电通持有Video Research 34.2%的股份，是其最大的股东，可以说Video Research是电通的“权益法关联公司”。此外，Video Research的现任社长是一位前电通高管，他从电通退休后，便空降到了这家公司。

不得。

以前，我曾负责N电影公司的广告业务。N公司当时的宣传部部长今泉是该公司的实际掌权者*，他从一名邮递员一步步爬到了现在的位置，也是一位传奇人物。

这一天，我接到了今泉部长的来电。

“这次的‘播出确认书’我看过了。三十条插播广告里，F1不达标的居然有三条！你们是怎么搞的！”

电话接通后，对方甚至没有自报家门，对我上来就是一阵责骂。听他的口气，当时应该正在气头上。今泉所说的是，在N公司为新电影投放的电视广告中，部分广告F1群体**的个人收视率没有达标。

一般情况下，广告公司在给企业推销电视插播广告时，会提前就广告的家庭或个人总收视率做出一定的承诺。由于在报价阶段并不能预知一档节目的实际收视率，因此，广告公司会以同一时段前四周的平均收视率为基础，预估一个数字，例如：

---

* **实际掌权者**：多年来，每当有美国电影在日本上映时，片方都让此人来负责为电影冠以日本片名。传闻乔治·卢卡斯对他也十分信任，当年《星球大战》（*Star Wars*，1977）在日本上映时，他个人竟拥有在电影院出售《星球大战》衍生商品的权利。

** **F1群体**：在广告和广播行业的市场营销术语中，“F1”代表20～34岁的女性，“F2”代表35～49岁的女性，“F3”代表50岁以上的女性。F1群体在美容、技能提升等方面舍得花钱，消费积极性高，对新的流行趋势也很敏感，是很多企业的主要目标人群。但同时，F1也是最少看电视的群体，当然也是最难接触到广告的群体。因此，在F1阶层喜闻乐见的节目中投放广告，广告费会更高。

承诺总收视率达到1500GRP*或2000GRP。如此估算出的收视率，通常与实际收视率不会有太大的出入。

我慌忙翻开“播出确认书”，如他所说，广告F1群体的个人收视率**比最初承诺的数字低了一点点。

“果真……非常抱歉！”

一般来说，只要实际收视率不低于承诺的90%，大多数客户都会接受，而不是当场就来投诉，毕竟电视的收视率真的很难预测。然而今泉部长坚持认为，实际收视率一定不能低于最初承诺的数字，哪怕是一丝一毫。

“你少给我装傻。用追加广告来赔偿我！”

所谓“追加广告”，指的是在电影正式上映后追加投放的广告。今泉要求我们在电影上映后，免费为电影追加投放广告，以弥补此次收视率不足的问题。

我对电话那头情绪激动的今泉说：“好的，我会把情况汇报给公司，晚点儿给您答复。”然后赶紧挂断了电话。

---

* **GRP**：Gross Rating Point，总收视点，即电视插播广告在一定时间内获得的总收视率。而每1%的收视率所产生的成本被称为收视点成本，因此，用收视点成本乘以GRP，就可以计算出一条电视插播广告所需的广告费。

** **个人收视率**：收视率分为以家庭为单位统计的“家庭收视率”和以个人为单位统计的“个人收视率”。家庭收视率是指根据调查家庭中收看电视的家庭数量所推算出的收视率；而个人收视率则是以家庭中“几岁的谁”收看了电视为数据源推算得出的收视率。因此，个人收视率可以反映观众的性别和年龄等信息。过去，家庭收视率是业界最关心的指标；而如今，对个人收视率的统计，变成了最主流的测量方法。

和今泉打完电话后，我马上找到了公司电视部负责插播广告的同事，他叫赤池，比我小五岁。

“还记得N公司的插播广告吗？在日本电视台播出的广告里，有三条F1群体的收视率比最初的承诺低了。现在N公司要求咱们赔偿呢。”

“福永哥，您可别跟我开玩笑了。收视率本来就是会变化的。再说了，我们可没有给任何人承诺过收视率，还不都是您业务那边自作主张跟客户说的吗？”

赤池说得没错，广告公司确实保证不了一则广告的总收视点，或是播出一次能够达到怎样的个人收视率。因为收视率是变化的，是一种运气，根本没有办法给出确定的承诺。

然而有些客户对广告异常了解（或者是异常严格），比如一路摸爬滚打走到高位的今泉部长这样的人，他们在报价阶段，会要求广告公司承诺广告每次所能达到的个人收视率。这个赤池也是，偏偏在这种时候变得高高在上起来，真是让人恼火。不过毕竟是我有求于人，这会儿只能放低身段了。

“哎呀，不要那么绝情嘛，算我求你了。”

业务部和电视部的权力关系还真是不太好说，在向一些“自我主张比较强（也就是‘难缠’）”的客户（外资企业居多）推销广告位时，业务部一般会对他们承诺一个收视率。然而，电通电视部和电视台那边却要坚持他们的立场，一口咬定“无法保证收视率”。如果一遇到收视率不达标就给客户补偿的话，那电通用来赚钱的东西（广告位）会越来越少*。因此，电通绝对不能轻易把广告位送给客户。

“不，不行。我做不到。”

平日里活泼开朗、礼仪周正的赤池，这次无论如何都不肯让步。如果此时让步的话，他势必会遭到电视部领导的训斥。

“N公司下个月上映的大片，我送你两张票。”

我想尽办法和赤池套近乎。

“福永哥，你以为两张电影票就能收买我吗？”

“我不是那个意思。帮帮我好吗？就这一次。求你了。”

结果，我在赤池那里和他纠缠了三小时之久。

最后，我提出了一个交换条件**，承诺在为N公司的下一部电影配给插播广告时，让日本电视台拿到关东地区最多的份额。赤池这才勉强同意，让日本电视台拿出了三条插播广告的时段

---

* **用来赚钱的东西（广告位）会越来越少**：日本民间放送联盟（民放联）规定，电视广告每周的总播放量不得超过总播放时间的18%。而在每天19~23时的黄金档节目中，根据节目时长的不同，又有单独的规定。例如：在一个60分钟的节目中，广告时长就不能超过20%，即12分钟。那么对广告公司来说，能够拿来赚钱的东西只有24条时长30秒的广告。

** **交换条件**：假设，N公司想要为其下一部电影投放一组1500GRP的电视插播广告。广告具体会在关东地区的五家电视台（日本电视台、TBS、富士电视台、朝日电视台、东京电视台）之间如何配给，就要看广告公司业务员的意思了。而诱导客户做决定并非难事，比如我们想让客户选择日本电视台，就可以这样说：“日本电视台可以在他们的生活节目上为我们免费做五条推广。”（就算TBS和富士电视台提供了同样的条件，我们肯定也不会让客户知道。）

做补偿。

电视收视率可以说既是“运气”，又是“魔鬼”。

一家电视台的收益与收视率息息相关，因此，各家电视台之间总是热衷于围绕收视率展开角逐。而收视率的高低，往往又取决于节目内容的质量。比如，一档收视率稳定的综艺节目，便会长久存在、经久不衰；而如果一部新开播的电视剧收视率不佳，电视台便会让其提前收尾。这就是收视率被称为“恶魔”的原因。

接下来就跟大家讲讲，这个“恶魔”曾带给我的痛苦回忆。

有一次，我向某企业的老板提议，是不是可以给一档即将开播的新综艺节目投赞助。因为我知道这个老板是某位老明星的粉丝，而这档新节目的主持人就是这位明星。再加上赞助金额不大，老板当即就通过了我的提案。但新节目开播后不久，麻烦找上门来了。节目的收视率持续低迷，有时甚至为“*”，因为当收视率低于0.1%时，数字便无法显示。

这种时候，电视台的制片人会迅速采取对策。我听说，他们正在筹划将节目的主持人，换成一名人气正旺的年轻喜剧演员。得知这一情况后，我立刻去找电通电视部的负责人申诉。

“如果这样做的话，客户会撤回赞助。”

“福永哥，您在这个行业混了多少年了？编排节目的权力在电视台手里，这种事还需要我解释吗？”

“我明白。但是客户搞不好真的会中断这一季（三个月）的赞助合同。”

“那届时就只能请业务部自掏腰包，把这部分损失补上喽。”

我的请求被无视，最终老明星还是退出了节目。果不其然，那位老板大发雷霆。这也难怪，因为确实是我们没有守住当初的约定。被客户在电话里骂完，我决定负荆请罪。

不过，对方并没有幼稚到因此违反合同、中途撤回赞助。抑或是，他的自尊心不允许他说出“因为换掉了自己的偶像，所以要撤回赞助”这种话。但从那以后，那个老板又找了我很多次，抱怨我“不守信用”。有时，我甚至一整晚都要在酒桌上被他教训。不守信用的代价果然是沉痛的。

过去，富士电视台的家庭收视率可谓一枝独秀，就连最难获得的F1群体的个人收视率也无出其右。自然，富士电视台的广告费也要高于其他台。每周一晚九点在富士电视台播出的流行电视剧“月九[1]”，就是一个很典型的例子。尽管价格高得惊人，但“月九”的广告位每次都会引发激烈的争夺战*。

---

* **争夺战**：2019年，网络广告的总收入超越了电视广告。而到了2021年，四大媒体（电视、报纸、杂志、广播）的广告收入总和，都已无法与网络广告相抗衡。然而，网络广告需要更多的“人力和时间”。相比之下，电视广告的单价则要高得多。由100个人努力做出的网络广告所带来的收益，电通电视部里的一个人不到1分钟就能实现。

然而，俗话说此一时，彼一时。Video Research提供的数据显示，在2023年3月期（2022年4月—2023年3月）主要电视台的家庭收视率排名中，朝日电视台独占鳌头，日本电视台排名第二，其次是TBS、富士电视台、东京电视台。

所谓兴亡成败，不仅可以用来形容电视台和公司组织，一个人的人生又何尝不是如此?

译者注

1　月九：周一在日语中写作“月曜日”，所以周一晚九点播出的电视剧被称为“月九”。

第四章

对客户不能说的秘密

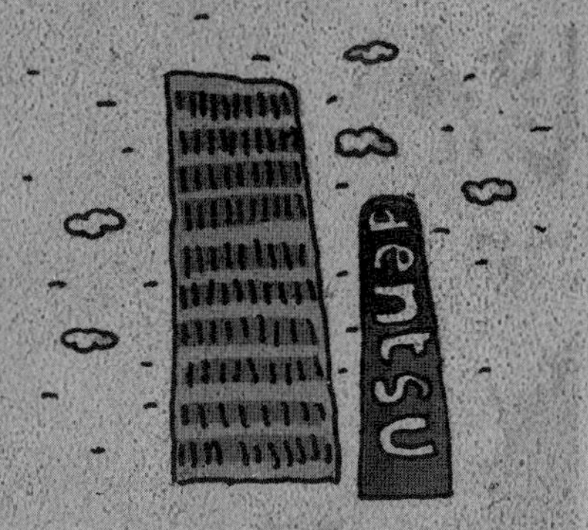

某月某日

此事只有你知我知：

工作调动

有一天，我和S损害保险公司的宣传部部长大冈先生正在讨论“如何提高响应率”。

电商行业中的“响应*”是指，由一则电商广告所带来的来电数量或网络搜索、点击次数。一次广告，或者说支出一定金额的广告费，其响应率越高，就说明广告的效果或投放时间越理想。如何提高响应率，对企业和广告公司双方来说，都是十分重要的课题**。分析既往数据，规划接下来的直接营销战略、广告的呈现方式、投放时机和预算，是日常必不可少的工作。

大冈长着一双爬行动物般的眼睛，个性执着。这份坚韧倒

---

* **响应**：响应之于电商行业，几乎是“除了生命以外最重要的东西”。是否能有效提高响应率，直接关系到公司的业绩。如何提高响应率，对一家电商公司来说，算得上是商业机密。

** **十分重要的课题**：之前有一位负责新客户电商广告业务的同事，会在广告登上报纸的首日，让制作公司相关工作人员拨打客户登在广告里的咨询电话。以此来向客户证明，自己设计的广告正在发挥作用。

是与他电商广告负责人的身份十分相称。

或许是感到和我的讨论陷入了僵局，大冈突然说了句“等一下”，就离开了座位。没一会儿，他抱着四个牛皮纸袋回来了。他看着我的眼睛不怀好意地笑着，接着从袋子里拿出一沓资料。

“我把这个拿来了。不过你要跟别人保密。”

我依稀记得他当时的表情，就像一个调皮的孩子在给小伙伴讲他的坏点子一样。

大冈在跳槽到S损保之前，曾就职于一家外资直接损害保险公司A。他从袋子里拿出来的，就是A公司电话响应的相关资料。

“这是A公司的机密资料。是我压箱底的秘密武器，我们社长都不知道。你能帮我把它拿到电通分析一下吗？最好能总结一个类似响应率提升战略理论的文章出来。此事只有你知我知。”

我粗略地扫了一眼资料，正如他所说，里面记录着A公司有关电话响应的详细数据。不仅仅是保险公司，这种数据对任何电商公司来说都属于机密资料，是绝对不允许带出公司的。在商业活动中，泄露公司机密是大忌。诸如通过倒卖公司情报牟取不正当利益，为提高自己在新公司中的评价而泄露前就职单位的商业信息，都属于犯罪行为。如果是个刚入社会的愣头青也就罢了，身为S损保宣传部部长，他难道还不知道其中的利害关系吗？还说什么“只有你知我知”，真是大言不惭。我顿时火冒三丈，对他喊道：

“你这是做什么？这可是犯罪啊！”

气头上的我连敬语都忘记用了。当时我的声音特别大，估计在会议室外面都能听到，大冈脸上的笑容瞬间消失不见。看他嘴巴微张、嘴唇颤抖哑口无言的样子，像极了兴高采烈地说了个自认为好玩的恶作剧，结果反而被骂了的孩子。

“你是小偷吗？！我可不想当罪犯的帮凶！”

说完，我便从会议室夺门而出，头也不回地离开了S损保。

第二天早上，我一到公司就被当时电通业务部的总监三泽叫去了。

“福永，我说你跟S损保的大冈部长说什么了？”

“大冈先生没跟您说吗？”

“简直是乱搞。你还没有资格对客户的做法说三道四！”

我不知道大冈是怎么跟三泽总监说的，但毕竟他做的事情关系到犯罪，我犹豫着该如何回答三泽总监，一时间竟说不出话来。

见我不作声，于是三泽总监就像敲门一样用中指敲了敲我的额头，说道：

“Hello? Anybody home? *哈喽，有人在家吗？你给我记好了，客户就是上帝，少在那儿宣扬你那无谓的正义感。你只要能保密一年，这种事马上就会因为超过时效无法定罪了。你最近先不要工作了，回去等通知吧。”

什么嘛，三泽总监这不是全都知道吗。搞清楚状况的我突然觉得浑身无力，伴随着对公司的失望，险些瘫软在地。

当天我就被撤掉了S损保负责人的身份，其实就是停职处分。什么犯罪，什么超过时效，什么无法定罪？简直太荒唐了！

几天之后，我接到一通电话，来电的是CC部**负责公司内外宣传活动的后辈，之前和我一起做过卫星广播公司S公司的业务。

“福永哥，情况属实吗？”

“啊，你说的是哪件事啊？”

“刚才我在CC部的打印机那里不小心看到了别人打印的文件，上面是下个月的人事调动，说福永哥下个月要被调到F公

---

* **Hello? Anybody home?**：是电影《回到未来》(*Back To The Future*，1985）中的角色比夫·塔恩的口头禅。这里暗指“你好，你脑子里有人在家吗？”充满了挖苦、嘲讽的意味。

** **CC部**：Corporate Communication，电通专门负责公司内外宣传活动的部门。2019年7月1日起更名为“宣传部”。

司去。”

“不是吧？”

真没有想到，我居然要以这种方式得知公司对自己的处理。

F公司是一家小广告公司，由电机制造商S公司和电通共同出资成立。其实，在F公司成立的背后，有一段不为人知的故事。最初，S公司的知名社长井出先生收购了一家广告公司。但是，因为S公司没有经营广告公司的经验，这家公司在被收购后就一直处于亏损状态。后来，走投无路的井出先生向电通求助，把该公司的一部分股份转给了电通，两家企业的合资公司F就此诞生。

井出先生原本以为，只要有电通加入，就能解决广告公司的亏损问题，但事实并没有如他所愿。电通参与管理后，F公司的业绩依然没有任何起色。或者说，当时的F公司对S公司和电通来说，已经变成了一个沉重的累赘。被调到这样的公司，毫无疑问是被降职了。

得知自己将被调动的消息后，我转头就冲进了三泽总监的办公室。

“是不是因为大冈先生说了什么，我才要被调走的？”

“调走？谁告诉你的，这件事还没有发通知吧？”

“我不能告诉您消息的来源。而且下个月1日就要执行，都没有提前两周通知我，这违反劳动法的规定了吧？”

“规定？在我这里什么规定都没有用。”

当时，业务部有一个入职时间比我晚的后辈，他是三泽总监的重点培养对象，正好那段时间三泽总监想提拔他为部长。和其他公司略有不同，电通里的“部长”是初级管理岗，相当于一般公司中的“股长”或“课长”级别。如果论资排辈，那一年我正处于晋升为部长的适龄期*。但如果想跳过我直接提拔后辈，肯定需要一个合适的理由。从这一点上来看，我对三泽总监来说是个绊脚石。

而且当时我还是电商界枭雄J公司的业务负责人，如果我能把J公司的业务带到F公司，必定能让F公司扭亏为盈。

我和S损保宣传部部长之间的矛盾，或许对三泽总监来说可以算得上是一种“及时雨**”吧。有了这个借口，他既可以趁机把我这个绊脚石搬走，同时还能拯救常年亏损的F公司，让电通和S公司脸上都有光，真是一举两得。

---

* **适龄期**：其实，那个时期是我在电通工作期间年薪最高的时候，账面工资每年一度可达1900万日元。还有，电通的工资体系比较特殊，管理岗的员工是没有加班费的，而且奖金也比普通员工少。

** **及时雨**：这件事发生两年后，三泽总监顺利晋升为电通的董事。

某月某日

高端品牌：

被迫卸任

在2024年的今天，如果电通职员被调到下属子公司或关联公司去，将是一件非常值得高兴的事，因为这是一个提升自己职业的好机会。但我就不一样了，因为对当时的我来说，被调到F公司根本就是一种“贬职”，所以我一点儿都开心不起来。

F公司的人似乎也并不欢迎从电通调来的我。虽然大家表面上一团和气，但那种疏远的气氛瞬间就能察觉到。在此之前，从电通和S公司已经调过很多人到F公司了。调过来直接就是管理岗，随便混几年再被调回去，想想这样的人也确实没有人会喜欢。

所以我决定，作为从电通调来的人，绝不能有半点儿沮丧和颓废。我努力向身边的同事表现自己的工作热情，甚至有点儿努力过头了；积极投身于J公司的工作，比在电通时更加拼命。皇天不负有心人，由J公司带来的收益更上一层楼，我的努力终于结出了胜利的果实。

然而，我的内心深处却充满了空虚。虽然表面上看起来工作得很卖力，但情绪始终无处安放。不知不觉中，我积攒了很多压力。又不知从何时开始，我变得越来越离不开酒精了。

在电通工作的时候，我就是出了名的嗜酒如命，不仅喝酒的频率高，而且量也大，从年轻时起就经常和同事或客户一起喝。但以前我可以控制自己，哪天喝、哪天不喝，都会有计划和安排。

然而来到F公司以后，我每天的饮酒量直线上升。以前喝酒时，我可以果断地说出"这是最后一杯了"，而且说停止就停止；而现在根本停不下来，"再来一杯""再来一点儿"，无尽无休。

夸张到什么程度呢？就连周末在家休息的时候，我都会瞒着家人一大早便开始喝威士忌*。

在电通，我已经有两位前辈因为酒精中毒去世了。其中一个终日面色铁青，对自己的肝硬化毫不顾忌；另一个每天下午五点半准时出现在市内的一家酒吧，然后将一杯杯苏打威士忌一饮而尽。这两个人都有一个口头禅：

"我是不会戒酒的。"

---

* **一大早便开始喝威士忌**：虽然家人没有看到我喝酒的样子，但一身的酒气是藏不住的，他们应该早就已经注意到了吧。就连去参加孩子们的运动会之前，我都还在喝酒。没错，我患上了酒精依赖症。

二人去世的时候，都还没到退休的年纪。后来我每次喝酒的时候，都会想起他们俩。

自从调到F公司，几乎每天晚上，我都会坐在两位前辈坐过的吧台喝威士忌。

有一天，当我在F公司为J公司的业务殚精竭虑时，F公司的常务董事宇田川先生找到了我。宇田川常务的经历比较特殊*，他并非主流的电通员工。过去，他经常流转于电通的各个子公司和关联公司，往来之间，竟一路升迁到了总监一职。他对我说“告诉你个秘密”，接着把我带到了他的办公室。

“B公司（大型国外车企）马上要开品牌推广竞标会**，从明天起，就由你来负责B公司的业务。”

真是平地一声雷。

---

* **经历比较特殊**：在电通内部，大家都管宇田川叫“走在旁边球道上的男人”。意思是，他在子公司或关联公司默默积累，最终平步青云，如同打高尔夫球时在平坦击球区轻松打球的人一样。因为在当时，如果一个人从电通总部被调到子公司或关联公司，一般就意味着这个人的仕途到头了。但宇田川在被调到F公司后，通过不断的努力做出了很多成绩，用一种看似旁门左道的方式在职场上取得了成功。

** **品牌推广竞标会**：一般像这种项目，部分外国企业通常会采用“竞标”的方式选择合作对象。由于合同期限长、合同金额庞大，所以各家广告公司都会为了赢得竞标使出浑身解数。例如，日产汽车公司就曾把媒体销售全部委托给了博报堂。当时，日产每年为品牌推广投入的费用约为400亿日元。最终，博报堂以3% ~ 5%的佣金赢得了竞标，而非一般的15% ~ 20%。博报堂给出的佣金条件，与欧美专门从事品牌推广的广告公司基本相当。加之，具有“成本杀手”之称的汽车大亨卡洛斯·戈恩（Carlos Ghosn）被怀疑染指了该项目的广告代理佣金，所以当时这个案子在业界引起了极大的轰动。输给博报堂后，电通负责日产的业务团队和业务部均被解散，并入其他业务部。因为这件事，电通所有的业务员终日战战兢兢，生怕“明天就轮到自己”。

“那J公司怎么办？”

“先不用管那边，现在我们急需拿到一个高端品牌。”

对广告公司来说，从客户那里挣到钱固然重要，与此同时，客户的“档次”也不容忽视。

什么是客户的“档次”呢？其实就是客户的品牌力。例如，世界知名公司、销售规模庞大的全球性大公司、传统老字号公司……这些都属于“高端品牌”。如果能够为这样的公司服务，那么该广告公司的“档次”也不会太低。劳力士、古驰，还有奔驰和保时捷，是所有日本人都向往的高端品牌，同时也是日本所有广告公司都想要代理的品牌。

亏得J公司给电通和F公司带来那么多营收，竟也会被如此轻视，我越想越气。可作为公司职员，服从领导的命令是本分，我别无选择。

被指派负责B公司业务的我立刻赶到J公司，去和宝田社长做最后的“告别”。

“接下来我就要负责B公司的业务了，感谢您一直以来对我的支持和关照。”

我深鞠一躬说出这句话时，宝田社长对我说：

“哪里哪里，我也给你添了不少麻烦。不过福永，我看你好像还蛮开心的嘛。”

这或许是宝田社长为了缓解气氛而说的玩笑话，但我总觉得，自己内心似乎已经被他看穿。因为虽然我对宇田川常务说的话很反感，但在得知自己即将负责“高端品牌”B公司的那一刻，内心深处确实燃起了一种自豪感，人性还真是扭曲啊。

就这样，F公司和电通组成临时团队，以我为业务专员，经过三个月的准备，我们自信满满地把自己的方案递给了B公司。

终于，结果揭晓的时刻来了。B公司品牌推广项目花落博报堂DY Media Partners*，F公司和电通的团队败兴而归。

* **博报堂DY Media Partners**：成立于2003年12月，由博报堂、大广、读卖广告社三家广告公司共同出资创建。当时，博报堂在参与竞标时，经常使用“touch & release”的手法。即召集公司内最精锐的成员组成临时团队，全力应战竞标，一旦成功拿到企业订单，三个月后便会解散团队，然后再将团队成员编入新的竞标团队。

某月某日

心理咨询：

“那个浑蛋！臭女人！”

从竞标会败退后，我再次被宇田川常务叫过去。

“你知道该怎么做吧？”

“我知道。”

根本无须多言。竞标会失败必然要有人出来承担责任，而在电通，这个人一般就是下属。其实就是被迫卸任。

“辛苦你了。”宇田川常务说这句话的时候，连头都没有抬一下。刚做上B公司业务负责人的我，短短几个月后就卸任了。

其实，如果条件允许的话，我很想再回去做J公司的业务。因为J公司的工作让人感到充实，而且，宝田社长是个令人尊敬的人，我打心底里乐意和他共事。可是，我并没有那么做。毕竟之前出于那种原因给人家换了负责人，事到如今，我是断然不可能厚着脸皮再回去了。

后来，我被安置了一个毫无意义的闲职，名曰“媒体部助理科长”，每天也没有什么工作可以做。这下，我在F公司彻底失去了立足之地。

周围同事本就冷漠的眼神，变得更加刺骨了。

每天早上一到公司，我就去白板上写下“外出不返回”，或者“外出*Mr. Summertime*[*]”（不要找我的意思）这样的冷笑话，然后转身离开公司。因为我在这里也不需要做什么工作，所以，即便我一整天都不在，也不会有人注意到我[**]。

从F公司出来后，我会步行到离公司几站远的车站。有时沿着河边走，有时从商店街穿过，有时会绕远来到东京周边的山上。随身带着从便利店买的啤酒，因为多少还是有点儿羞耻心，所以我会把啤酒藏在纸袋里。我一路小口地啜饮着啤酒、一路彷徨，日子就这么一天天地流逝着。

袋子里的啤酒不知何时变成了烧酒，后来又变成了威士忌。傍晚时分，我停下脚步，掀开居酒屋的门帘，在死于酒精中毒的前辈们坐过的吧台继续喝酒，直到天亮。

与此同时，我的私生活也失控了。因为我总是喝到天亮才回家，所以和妻子的争吵也变得越发频繁。

---

* ***Mr. Summertime***：日本合唱组合“Circus”的主打歌。歌曲翻唱自由法国歌手Michel Fugain和Le Big Bazar演唱的《爱情的历史》（*Une Belle Histoire*，2008），曾作为嘉娜宝的宣传曲广为流传。其中一句歌词是“不要寻找那时的我”。

** **不会有人注意到我**：我整天喝酒的事，想必F公司的人也注意到了吧，但是他们并不会来提醒或规劝我，因为我是个从电通调过来、遭人嫌弃的人。我在F公司就是个透明人，“只要不给别人添麻烦，不管做什么都无所谓”。

“你为什么总是这么晚回家？为什么总是喝醉？”

“当然是因为工作了。我以前不是也经常这样吗？又不是什么新鲜事。”

“你说的这是什么话？根本就不是因为工作吧，少骗我！”

“住嘴！别忘了是谁给你饭吃的！”

在激情的驱使下，我竟然说出了那种蠢话。

周末这天，我和妻子又发生了口角。

“你假装洗碗，其实一大早就开始在厨房里喝威士忌了吧。你以为我不知道吗？”

有一年夏天，我又是喝到天快亮才回家。一进家门，看到妻子正坐在客厅里等我。

“你每次一回来都会直接去洗澡，对吧？”

“说什么胡话，莫名其妙。”

“不要以为我什么都不知道，你太小看我了！”

一切都如她所言，但出轨除外。

在争吵的过程中，妻子有时会突然惊恐发作，然后开始发疯。她会不停地大喊大叫，或者突然用剪刀把我要洗的内裤剪碎，还会拿除臭喷雾喷我的脸。看到妻子这样，我终于坐不住了。我向她提议：

“要不咱们去看看心理医生吧？”

她欣然同意。我想，如果有了第三方的介入，僵硬的夫妻关系也许可以得到缓解。

这天，我和妻子来到附近的心理咨询诊所，接诊的是一个和我俩年纪相仿的女医生。

经过几十分钟的咨询后，女医生说道：

“我认为问题出在夫人这边。您的丈夫是地地道道的‘昭和男儿’。你必须能忍，接受自己嫁给了‘昭和男儿’这个事实，因为这都是自己的选择。”

听完她的话，妻子哑口无言。

回到家后，妻子变得更加疯狂了，她不停地大声喊道：

“那个浑蛋！臭女人！她有病吧！居然小瞧我！可恶的女医生！”

某月某日

返岗：

酒精依赖

在F公司待了不到两年，我又被调回了电通总部。

在电通的人事制度中，有一条规定是：原则上，外派员工返岗时，由原外派部门负责接收。按照电通的惯例，只要不是临近退休*，被外派到子公司或关联公司的员工，一般两年后才会被调回公司总部。不过我在F公司并没有待够两年。

调回总部后，是集团经营推进部的段原副总监收留了我。

“福永，我期待你的表现。”

“您真是太看得起我了。我看您还是不要对我抱有太高的期望啦。”

就这样，我以集团经营推进部分部长的身份，回到了电通

---

* **临近退休**：在临近退休的外派员工中，很多人会直接转籍到外派公司担任管理岗或董事。从公司的角度来说，这可能是一个减员的好方法，有利于年轻员工的职业发展。而对外派员工本人来说，这也是一个防止自己在某职位超过任职年限后被降职的手段。然而对接收外派员工的子公司和关联公司的职员来说，这并不是什么令人愉快的做法……

总部。虽然我依然是一摊烂泥，但段原副总监给了我无微不至的照顾，工作中更是对我委以重任。

集团经营推进部是一个为电通众多子公司和关联公司提供“经营”上的支持、以促进其公司发展的部门。但从本质上讲，它是一个监督转到子公司和关联公司担任高管或董事的前电通员工的部门，用来确保他们不会在总部视线之外的地方图谋不轨、作奸犯科。

上任伊始，我便成了电通某地区分公司的非执行董事，正式开始了我“监督人”的工作。后来，我又陆续兼任了十多家分公司和关联公司的非执行董事。

令人没想到的是，我的工作立竿见影。怎么说呢，这些子公司和关联公司就像一个个魔窟，里面妖魔横行，侵吞和挪用公司资金、违规处理应收账款、权力骚扰、性骚扰、信息泄露、剽窃和随意使用广告素材……问题多到让人怀疑，真的是不得了。对这些问题的调查、举报处理、相关人员的处分等，让我忙到不可开交。

工作接踵而至*，虽然成为部长后我的基本工资增加了，但

---

* **工作接踵而至**：有一天，一封匿名信通过电通总部的举报系统寄到了第三方的律师事务所。信上的字是从报纸上剪下来的，看起来就像是绑架案里的那种信。来信举报的，是电通某子公司的高管存在权力骚扰和滥用交际应酬费的情况。经过几周的秘密调查后，我与当事人进行了谈话。当时他并没有承认自己的问题，但是后来经过侧面调查，证明对他的举报内容均属实。于是，公司按照规定给予了他降级2级的处分，不过他并不接受这样的处罚结果，最后直接辞职走了。像这样的事，我经手了不少。

加班费被取消了。而且在F公司工作期间发放的外派津贴也没有了，一年最高120万日元的业务岗补助也拿不到了。总的算下来，与在F公司时相比，我那时的年薪整整减少了200万日元。

不过即便是这样，我的年薪依然保持在1400万日元以上，从世俗的角度来看，这样的条件已经相当优厚了。然而，那时的我却深陷痛苦之中，更不知道该如何跟妻子解释。作为一名电通职员，我的自尊心无法接受收入下降的事实。

当我终于下定决心告诉妻子时，她对这些问题却似乎毫不关心，只是淡淡地说了句“哦”。她的反应让我如释重负，但同时，她冷漠的态度也让我的心里不禁生出了一股寒意。

由于收入减少，我决定削减自己用于消遣和娱乐的开支。自那之后，我的生活方式发生了翻天覆地的变化，不再打高尔夫球，过去每天两包的烟也戒掉了。

但只有酒，我怎么都戒不掉。或者说，我对酒精的依赖程度反而比之前更高了。或许是因为，揭发他人恶行给我带来的压力，只能通过酒精来消解吧。

那段时间，我不仅每天晚上喝酒喝到很晚，就连早上上班之前，我都会去便利店买上几罐烧酒喝。

最疯狂的时候，我连午餐都不在食堂吃，而是跑到外面的便利店买上几罐啤酒，然后坐在公园的长椅上将一个个拉环拉下。

喝完酒，往嘴里塞上几粒口香糖我便返回了工位。我试图用口香糖掩盖嘴里的酒味儿，不过好像并没有什么用。虽然周围的同事没说什么，但大家应该都知道我喝了酒。

不知是幸运还是不幸，我的肝脏倒是很健康。在每年一次的体检中，我的γ- GTP（γ -谷氨酰转肽酶）等和酒精相关的指标都没有异常，医生只是提醒了我一下:“稍微控制下酒量吧。”

某月某日

辞职：
“对你来说或许是个不错的选择”

距离退休没有几年了，我在考虑要不要提前退休。

孩子们都大学毕业了，未还清的房贷也不过剩几百万日元，因为有退休金，还房贷完全不是问题。

那个时期，电通正在大力裁员。为了鼓励员工提前退休，电通对没有下属的部长，及部长以上级别的管理岗员工设置了“额外退休金”。提前退休最多可得到3000万日元的额外退休金，还可自愿加入被称为日本保障最好的“电通健康保险”两年。

我当时职位的任期会在58岁时结束，卸任后基本工资也会减少20%，因此，即便是从收入的角度考虑，提前退休对我来说也更加有利。

对这批人来说，除了不断减少的工资，还有一种东西正不断蚕食着他们的心灵，那就是“不被任何人需要”的感觉。

是否提前退休，我犹豫不决。于是我找到了之前一起负责S

损害保险公司业务的松本，想问问他有没有什么好意见。松本那时已经爬到公司董事的位置了。

“唉，我最近正犹豫要不要申请提前退休呢。”

那会儿我有点儿拿不定主意。“福永老弟，你先不要着急。我正考虑取消职位任期的限制，明年争取提拔你为副总监职*。”松本对我的评价一向很高，所以在他开口之前，我甚至还暗自地期待他可以说出这样的话，我还真是天真。

没想到松本稍微想了一下说道：

“嗯，这对你来说或许是个不错的选择。这样一来，即便你明年一整年不工作，仍然可以拿到工资和奖金。”

我很吃惊，怎么，我就那么不值得挽留吗？听完松本的话，我瞬间泄了气。

“随时准备退休。”我心一横，这下彻底不再犹豫了。

某年的3月底，我在到达正式退休年龄之前离开了电通。那一天，以往一起共事的客户及其负责人一个个从我的脑海中闪过。曾经，我作为一名业务员努力争取来的客户，始终都没有离开电通。仅这一点就足以证明，我曾多么热爱电通。

---

* **争取提拔你为副总监职**：在电通，总监级以下的晋升顺序为：部长→副总监→总监。这里所说的“副总监职”和“副总监”完全不同，这个职位既没有下属，也没有决策权，而且之后也鲜有晋升机会，几乎就是电通内仕途的终点了。

我怀着小小的自豪感，和公司的同事一一道别，他们则回以我轻轻的点头或握手，最后目送我离开。

说实话，我已经记不清离开公司的那天，自己是怎么回家的了。或许，我还是像往常一样在酒吧喝完酒才回去的吧。

某月某日

最后通牒：
前往公证处

从电通离职已经有几天了，这天我正在家里发呆，妻子突然朝我走了过来。

当时她手里还攥着几页文件。

“我写了一份离婚协议，你仔细看看里面的内容，好好考虑一下吧。”

这句话对我来说犹如晴天霹雳，因为我做梦都没想过，自己竟然会被妻子递来休书一纸。

从几年前开始，每当和妻子吵架我都恶语相向，这确实是不争的事实。

“别忘了是谁给你饭吃的！”“你才应该从这个家滚出去！”

想到这里，悔恨和懊恼不断涌上我的心头。我对她所做的，又何尝不是一种权力骚扰和情感暴力呢。我竟也在不知不觉中，把她的心弄得支离破碎。

那时的我时间很充裕，可以好好地和妻子讨论离婚的问题。

两个人在家里的客厅相对而坐，我努力倾听她的感受，试图找到一些方法消除我们之间的隔阂。

然而，每次努力都是徒劳。妻子的反应总是冷冰冰的，从她的表情中，我看出了她的决绝。她的眼神似乎在说："我并不想和你修复关系。"她依旧无法原谅我对她说的那些话。

最终，妻子还是没有改变和我离婚的决定。

无奈，我只好认真看完了妻子写的离婚协议，并就其中关于补偿金和财产分割等问题和妻子达成了一致意见*。

之后，我和妻子两个人来到了公证处。

因为造成离婚的原因全部在我，所以我毫无怨言地向她支付了补偿金。而且我承认在婚姻存续期间积累的财产属于夫妻共同财产，同意其中一半归妻子所有，并答应将来以分期付款的形式将这笔钱给她。离婚手续办妥后，她丢下了一句"不要来找我"，便离开了家。

后来，我卖掉了曾和家人一起生活的房子，把卖房所得汇到了妻子的账户。

只是，我已经再无能力向妻子分期支付共同财产分割款项

---

* **达成了一致意见**：在妻子提出离婚前不久，我大学时代的朋友就因为"妻子的权力骚扰和情感暴力"而离家出走，并向家庭法院提出了离婚调解申请。不过他的妻子不同意离婚，之后两个人便进行了长达两年半的离婚调停（诉讼）。调停期间，他和妻子分别聘请了律师，并各自向律师支付了200万日元的律师费。花了那么多的精力、时间和金钱，才把婚离掉。因为听朋友说过他们所消耗的"负能量"，所以我不想像他一样把离婚搞得那么复杂。

了。在象征性地转了几次之后，我几乎已身无分文。

几个月来，我一直在尝试寻找新工作。后来我逐渐意识到，没有什么地方会愿意要一个将近60岁的前广告公司业务员。

本就有失眠症，需要依靠安眠药物和精神药物才能度日的我，因此变得更加消沉，精神疾病终于找上了门来。

手里的几张信用卡也已无力偿还，我急忙去找律师求助。最终，我宣布了个人破产。

后记

退休生活

从电通离职后的几年时间里，我完全丧失了对生活的热情。那时的我什么都做不了，或者说什么都不想做。

年轻的时候我特别喜欢运动，学生时代喜欢的游泳，后来的高尔夫球、慢跑、网球，过去是那么痴迷，如今却都荒废了。我还很喜欢看书，以前没退休的时候我常常幻想：等以后退休了，我就天天看书，只看自己喜欢的，这样的生活将会多么美好啊。然而当这一天真正来临的时候，我才发现这样的生活竟是如此乏味无趣，所有的书读到一半我就读不下去了。我对任何事情都提不起兴趣，无论做什么事，都会让我感到麻烦且无聊。

迫于生计，我不得不提前领取本应从65岁才开始支取的退休金。因为和妻子离婚，最后我也就拿到了一半的钱。生活窘迫的我，精神层面也不富裕。我没有想做的事，也没有想去的地方和想要的东西。

每天睡到中午才起床，白天看一整天电视，失眠的夜晚更是难熬，我根本就是为了活着而活着。就这样日复一日。

一天晚上，我像平时一样，一个人边吃晚饭*边呆呆地看着电视。晚饭过后开始喝威士忌，一杯接一杯，最后也不知道喝了多少，喝完我就直接去睡觉了。刚躺下没多久，肚子里突然袭来一阵不适，那种难受的感觉令我终生难忘，我没忍住，呕吐了起来。当时我想着，应该过会儿就好了吧，于是继续躺在床上观察。没想到，右下腹竟传来一阵剧痛。叫救护车未免太夸张了，还会打扰到邻居吧……一番思想斗争后，我艰难地来到了离家步行十分钟左右的综合医院急诊窗口。

抽了血、拍了CT，医生看完我的检查结果后对我说：

“是急性胰腺炎。我这就给你安排住院手续。”

听医生说，这个病如果发展为重症，可能会危及生命。就这样，我临时住进了医院。之后的两周时间里，我每天不吃不喝，仅靠输液维持生命，身上到处插满了管子。到了第三周，终于可以慢慢吃一点儿医院提供的营养餐了，但还是下不了床。这么一通折腾下来，一向身强体健的我，如今竟也因为健康问题变得羸弱不堪，皱纹也多了起来。

---

* **吃晚饭**：我喜欢做饭，以前也经常做给家人吃，所以一个人吃饭对我来说不是什么难事。但是，一人份的饭做起来不太好把握分量，很容易造成食材浪费。而且自己做的饭只有自己一个人吃，心里总觉得空落落的。于是后来，小菜什么的我索性就直接从超市或便利店买了。有时也会因为嫌麻烦，干脆不吃晚饭。

也就是在这个时候，我萌生了写书的念头。在鬼门关走了一遭后，我决定以自己在电通时的工作为主题，把我的人生记录下来。

于是，我的写作生涯开始了。正如我在前言中所说，虽然在讲电通的工作时我可以滔滔不绝，但谈及私人生活，对我来说根本就是一场凌迟*。

其实，在写作本书的过程中，还发生了一些小小的意外。

出院之后，我每天按时起床，白天埋头写稿，写累了就去外面散散步，晚上按时睡觉。因为生病，现在已经不怎么喝酒了。就这样过了一段时间，我慢慢恢复了对生活的热情。就像年轻时那样，心中那股想做些什么、没准能做成点儿什么的念头被重新点燃了。

有一天，我突发奇想给三儿子发去了一条短信：

“最近过得好吗？”

自从和妻子离婚之后，我已经有好几年没有和孩子们见面了。我心想，孩子们一定很恨我吧，就算他们不理我也是人之常情。没想到的是，三儿子竟然给我回信了。

“谢谢爸爸把我养大成人。找个时间我们一起去喝一杯吧。”

---

* **根本就是一场凌迟**：虽然本书中出现的人物都使用了化名，但是只要读完这些故事，我想大家应该都能或多或少地猜出部分人物的真实身份，包括我的身份。但不管是否会让人觉得不光彩或是没面子，我都决定把自己最真实的一面记录下来。这本书成功帮我实现了心愿。

看到儿子的回复，我激动不已。

终于在2023年夏天的某一天，我和三儿子在二子川站附近的居酒屋重逢了。我们真的有好多年没见了，如今三儿子完全长成了一副大人模样。看到他的那一刻，我的心头一紧，泪水立刻模糊了我的眼睛。为了不让儿子发现我的异样，我强忍着泪水努力挤出了一个笑脸。

自从和三儿子约好要见面*，我就一直在想，见到他之后我要说些什么呢。不过让我最挂念的只有一件事，那就是他大哥、二哥还有他妈妈，他们最近怎么样、过得好不好。

可是话到嘴边，说出来的却是“你妈有男朋友了吗？”这种蠢话。三儿子笑着回答道：

“爸，你说的这是什么话。妈没有什么男朋友啦，而且她也不考虑再婚了。”

听到儿子的回答，我百感交集，既感到开心，又觉得自己没出息。

孩子他妈非常美丽。不只是外表，她的心灵也很美。心灵像她那般干净美好的人，我想世界上恐怕没有第二个了吧。

写完这本书之后，我也要开始找新工作了。至此，我已经

---

* **和三儿子约好要见面**：我们家有一些录像带，记录着一家人往日幸福生活的点点滴滴。这次我把录像全部刻在了DVD里，并把它交给了三儿子。听三儿子说，他上大学时借的助学贷款还没有还清，所以我考虑，等收到这本书的版税后，要第一时间把钱拿给他。

彻底告别了“广告职员”这个身份，没有任何不甘和留恋。我还年轻，还有很长的路要走，我一边这样告诉自己，一边准备开启全新的人生。

福永耕太郎

2024年1月

图书在版编目（CIP）数据

广告业务员日记 / (日) 福永耕太郎著 ; 禾每文译.
天津 : 天津人民出版社, 2025. 8. -- (50岁打工人).
ISBN 978-7-201-21295-1

Ⅰ. I313.55
中国国家版本馆CIP数据核字第2025UB3032号

著作权合同登记号 图字：02-2025-075 号

广告业务员日记

GUANGGAO YEWUYUAN RIJI

出　　版　天津人民出版社
出 版 人　刘锦泉
地　　址　天津市和平区西康路 35 号康岳大厦
邮政编码　300051
邮购电话　022-23332469
电子信箱　reader@tjrmcbs.com

选题策划　联合天际・文艺生活工作室
责任编辑　康悦怡
特约编辑　邵嘉瑜
美术编辑　程　阁
封面设计　喂！vee

制版印刷　河北鹏润印刷有限公司
经　　销　新华书店
发　　行　未读（天津）文化传媒有限公司
开　　本　787 毫米 ×1092 毫米　1/32
印　　张　7
字　　数　121 千字
版次印次　2025 年 8 月第 1 版　2025 年 8 月第 1 次印刷
定　　价　45.00 元

未读 DR 纪实

关注未读好书

客服咨询

本书若有质量问题，请与本公司图书销售中心联系调换
电话：(010) 52435752